村人吟草

刘宝华 著

古吴轩出版社

中国·苏州

图书在版编目（CIP）数据

村人吟草 / 刘宝华著. — 苏州：古吴轩出版社，
2018.10
ISBN 978-7-5546-1258-3

Ⅰ.①村… Ⅱ.①刘… Ⅲ.①诗集—中国—当代
Ⅳ.①I227

中国版本图书馆CIP数据核字（2018）第240229号

责任编辑：俞　都
见习编辑：黄川川
责任校对：徐小良
　　　　　王　芳
责任照排：刘　浩

书　　名：村人吟草
著　　者：刘宝华
出版发行：古吴轩出版社
　　　　　地址：苏州市十梓街458号　　邮编：215006
　　　　　Http：//www.guwuxuancbs.com　E-mail：gwxcbs@126.com
　　　　　电话：0512-65233679　　　　传真：0512-65220750
出 版 人：钱经纬
印　　刷：张家港市恒丰包装有限公司
开　　本：889×1194　1/32
印　　张：5.75
版　　次：2018年10月第1版　第1次印刷
书　　号：ISBN 978-7-5546-1258-3
定　　价：36.00元

如有印装质量问题，请与印刷厂联系。0512-56777901

序

柯继承

　　诗在唐代，已是空前绝后，鲁迅先生说："我以为一切好诗，到唐已被做完。"唐代以后，又有宋、元、明、清，仍有许多人，继续在诗的"王国"中，顽强地写着、吟着、探索着，也有所发明与开拓，但就总体而言，确是有些江河日下。诗——这里说的是古体诗歌，绝好的境界，绝美的诗歌，是越来越少了，更不必说白话文已成文章主流的今天了。因此，今人的古体诗歌，我通常是不关心、不关注。在一些场合会谈及古体诗歌，特别是五七言古今体诗，但很少涉及今人今诗。今年中秋前夕，出版社编辑向我介绍《村人吟草》并热情索序，碍于情势，当场是答应了，心中却是犹豫，甚至迟疑，这么一拖，十来天也就过去了。

　　恰好接下来逢"十·一"旅游黄金周，西安、上海、广州的亲朋五人，联袂来苏。客到苏州，除了美食，总要游山、玩水、赏园，这么一陪、二导、三聊，顺便就想到了以记游为主的《村人吟草》，急忙取来翻阅，读着读着，兴趣就来了，继而肃然起敬：原来收入该书的，多是作者对日常生活、游历的感悟，用他自己的话说，就是纵情山水、抒情世事、寄情历史。诗歌是情世界，诗人是情人种。有情之人必有诗，有诗之人必有情，如作者自己所说："纵观满纸无佳句，只慰情牵一缕痴。"（《说写诗》）诚哉此言！生命应该消耗在最美好的事上，作者之于山水、世事、历史，专用一个"情"字，确实令人感动，令人感怀，令人感叹。

讲到古体诗歌，多少要谈及格律以及相关的语言、分类等，但"教科书"中都有，今次就一概不提了。作为"第一"读者，我想只凭感觉来叙叙，不讲起承转合，而是"行到水穷处，坐看云起时"，或许更合乎大家的要求，继而大可以"谈笑无还期"。

一般来说，带着满腔的情感写诗，作品就容易动人。但《村人吟草》给人最大的感觉，竟又不是浓情，而是至淡至清，如一股清流，毫不喧嚣，汩汩流尘外："无尘松竹皆滴翠，吐馥山花数点红"（《九月九日登伊山》），"山林六月宜如水，未敢专私约友人"（《登伊山森林公园》），"开心不用黄金买，休管门前日已斜"（《感陈华平招饮》）等，依稀是辞却人间烟火的世外高人，展眸视事，自是一番独有的云淡风轻。唐代韦应物说过："心同野鹤与尘远，诗似冰壶见底清"（《赠王侍御》），应当说，作者书中的好多篇章，都做到了。

日常生活、平常游历，写得诗来，需接地气。因此叙事用典，到位、精准，是最难做到的。作者在这方面花了很大功夫。貌似平常的一句话，其实是千锤百炼而来，有的还妙见深意。如《谒曲阜孔林》："灵园千顷无蛇影，仙木万株不落鸦"，传说孔林地无蛇迹，树不落鸦，把偌大的孔林这两则带有传奇性的传说，只用十四个字就清晰表达，且又对仗工整，实在难得；"仍借生花工部笔，乾坤颠倒写新生"（《过石壕村》），杜甫的《石壕吏》，世人大多读过，作者在此就这么一提"乾坤颠倒"云云，就妙笔生花了。

诗歌常常是激动的产物，作者当然未能免俗，不平则鸣，更是作者的秉性，所以其笔下，有时竟还是放不过感慨与激情的，如"道是欢听鬼唱诗，个中滋味有谁知"（《参观蒲松龄故居咏》），把聊斋主人借狐仙鬼怪故事一吐胸中块垒的"个中滋味"，巧妙地点到为止；又如将前人"商女不知亡国恨，隔江犹唱后庭花"转化成"商女也知亡国恨，不将忠义共人渣"（《媚香楼前感咏》），少了点斯文，却多了些正义；而"细数平王无道处，子胥虽暴不为过"（《游苏州盘门景区·伍相祠》），也同样是娓娓道来，却有诛心之笔。

普通人家的烦心琐事，也在作者吟诵中。如老年人关心事多，烦恼也多，作者这方面的真知灼见是："垂暮不堪风雨扰，平安最是助儿曹。"（《也说烦心》）深得人生三昧，堪称至理名言。类似的佳句，充满了智慧，也含有禅机。

诗缘情，但诗也言志。作者爱吟唱，从国家大事到生活琐事，事事、时时、处处都留下了诗句。其中表现的历史意识、价值判断、审美趣味，饱含了作者的家园情怀。于世有补，于人有悟，无疑是功德好事。

"情之所钟，正在我辈"，作者是以情感吟唱，而有心的读者也一定以情感读之、诵之，则善莫大矣，功莫大矣。是为序。

2018年10月13日夜于忘形读书斋

目 录

序 …………………………………………………… 柯继承

纵情山水

谒中山陵 ………………… 3
游故宫养心殿感咏 ………… 3
游放鹤亭 ………………… 3
咏龙苴城 ………………… 3
登南京中华门 …………… 4
南京夫子庙 ……………… 4
咏东海温泉镇 …………… 4
游山遇雨 ………………… 4
游八达岭长城感赋 ……… 5
戏题伊山鳄鱼石 ………… 5
登伊山 …………………… 5
雨后伊山老龙涧 ………… 5
九月九日登伊山 ………… 6
登伊山博爱亭 …………… 6
咏伊山鳄鱼石 …………… 6
登燕尾港开山岛记咏 …… 7
冬感哈尔滨 ……………… 8
途次锦州品小吃 ………… 8
乘渡牡丹江 ……………… 8

游开封龙亭公园 ………… 8
登开封龙亭 ……………… 9
开封御街怀古 …………… 9
游开封大相国寺怀古 …… 9
谒包公祠 ………………… 10
谒曲阜孔林 ……………… 10
游洛阳龙门石窟 ………… 10
游西安 …………………… 11
登大雁塔 ………………… 11
游华清池 ………………… 11
咏华清池 ………………… 12
登泰山 …………………… 12
游宜兴善卷洞 …………… 12
咏宜兴善卷洞 …………… 12
登伊山森林公园 ………… 13
咏虎丘斜塔 ……………… 13
登云龙山 ………………… 13
登金山寺 ………………… 14
游瘦西湖 ………………… 14

泛舟西湖 …………………… 14

登文游台咏 ………………… 15

游盂城驿 …………………… 15

咏石棚山 …………………… 16

咏石棚天成 ………………… 16

游石棚怀坡仙 ……………… 16

咏孔望山龙洞 ……………… 17

咏山海关 …………………… 17

游渔湾 ……………………… 18

游花果山 …………………… 18

游龟山汉墓 ………………… 19

参观蒲松龄故居咏 ………… 19

游太湖仙岛 ………………… 19

游烟城感咏 ………………… 20

参观南浦大桥 ……………… 20

和家孙芳霏登白虎山 ……… 20

咏大沙湾海滨浴场 ………… 21

瞻仰周总理故居 …………… 21

访伊山白云洞 ……………… 21

游东磊 ……………………… 22

游临潼五间厅 ……………… 22

游兵谏亭 …………………… 22

参观兵马俑第一展厅 ……… 23

咏秦陵兵马俑 ……………… 23

游燕子矶 …………………… 23

谒燕子矶纪念亭感赋 ……… 24

登矶远眺 …………………… 24

登燕子矶 …………………… 24

和家孙芳霏登蜘蛛山 ……… 25

望蜘蛛山偌大冰瀑 ………… 25

登长城 ……………………… 25

咏花果山千年银杏 ………… 26

游花果山 …………………… 26

游同里 ……………………… 27

吴江区三里桥生态园小憩 … 27

登玉女峰 …………………… 28

农民团赴京游小记·农民逛首都
………………………………… 28

看升旗 ……………………… 28

瞻仰毛主席纪念堂 ………… 28

参观军事博物馆 …………… 29

游故宫 ……………………… 29

游居庸关长城 ……………… 30

登六和塔 …………………… 30

参观钱塘江大桥 …………… 30

游骊山 ……………………… 30

游西湖 ……………………… 31

游乌镇 ……………………… 31

游吴中西山 ………………… 32

登阊门 ……………………… 32

苏州阊门前有感 …………… 33

访白公祠 …………………… 33

登东方明珠 ………………… 33

游寒山寺 …………………… 34

访屺亭徐悲鸿故居 ………… 34

瞻仰金三角徐悲鸿塑像 …… 34

游伊山 ……………………… 35

咏宜兴 ……………………… 35

有感上海世博会 …………… 36

游伊山感咏 ………………… 36

游同里 …………… 37
咏伊山大佛 …………… 37
浙西游纪行 …………… 38
媚香楼前感咏 …………… 40
登海州镇远楼 …………… 41
参观板浦汪家大院 …………… 41
访汪氏故居 …………… 42
乘泰山索道 …………… 42
游宿城仙人屋 …………… 42
咏南李沟美人桥 …………… 43
咏石梁河水库 …………… 43
游乘槎亭咏张骞 …………… 43
烧香河寄咏 …………… 44
漫步蔷薇河畔 …………… 44
漫步盐河路景观带 …………… 45
游唐寅园 …………… 45
咏双龙井 …………… 45
咏海州玉带河 …………… 46
戏咏伊芦山猴头石 …………… 46
咏墟沟北固山望海楼 …………… 47
咏板浦秋园 …………… 48
登华山 …………… 48
登古凤凰城城楼 …………… 49
登凤凰城楼感咏 …………… 49
登凤凰城楼远眺 …………… 49
游无锡灵山祥符禅寺咏祈愿 … 50
太湖边远眺 …………… 50
游景山 …………… 50
偕伊游鼋头渚 …………… 51
旅次巩义 …………… 51

咏石棚山石曼卿逸事 ………… 51
偕伊游吴江公园 ………… 52
徒步杭州湾跨海大桥 ………… 52
游杭州湾跨海大桥 ………… 52
登观光塔 ………… 53
游苏州盘门景区 ………… 53
参观李汝珍纪念馆 ………… 53
游甪直万盛米行 ………… 54
游浙江嘉善西塘古镇 ………… 54
登蓬莱阁歌 ………… 55
踏海上浮桥 ………… 56
逛海鲜小吃一条街 ………… 56
登黄咀山望海 ………… 56
黄咀山头东望 ………… 57
登凤凰岭 ………… 57
重上望海楼 ………… 57
咏泗阳包河观鱼景区 ………… 58
游天池 ………… 58
咏双桥 ………… 58
咏乐山大佛 ………… 59
登嘉峪关 ………… 59
游甘露寺 ………… 60
游三苏祠 ………… 60
游寒山寺景区咏张继 ………… 60
咏保驾山 ………… 61
沐东海温泉 ………… 61
游狮子林 ………… 61
宿城赏枫 ………… 62
游海上云台山 ………… 63
谒云台山法起寺 ………… 63

玻璃栈道 ······················ 63

再访秋园 ······················ 64

喊山 ···························· 64

宿城印象 ······················ 64

望海市蜃楼 ···················· 65

游连云老街 ···················· 65

古镇连云港 ···················· 65

过石壕村 ······················ 66

咏古镇龙苴东双河景区（顶针）

················ 66

咏汉城遗址景区与东双河景区

毗邻 ·························· 68

浙南山区 ······················ 69

游黔东南镇远镇 ················ 69

夜游镇远潕阳河 ················ 69

游镇远怀古 ···················· 70

车进邵怀高速 ·················· 70

咏厦榕高速贵州段 ·············· 70

西江苗寨苗女风采 ·············· 70

咏苗寨山中老屋 ················ 71

参观肇兴堂安侗寨梯田 ·········· 71

侗寨歌舞晚会 ·················· 72

游侗寨春晚分会场址 ············ 72

游贵阳青岩古镇 ················ 72

游青岩周总理父曾居地 ········ 73

游银链坠潭瀑布 ················ 73

游黄果树大瀑布 ················ 73

游贵州织金洞 ·················· 73

咏梵净山蘑菇石 ················ 74

游梵净山 ······················ 74

自驾游黔归来 ·················· 74

秋登伊山 ······················ 75

登汉城咏韩信 ·················· 75

游苏州报恩寺 ·················· 75

赤壁怀古 ······················ 76

游湖口 ························ 76

途次九江记咏 ·················· 76

漫步乌江畔 ···················· 76

江城子·盐河路滨河广场 ········ 77

洞庭春色·月牙岛湿地景区 ··· 77

点绛唇·游月牙岛 ·············· 78

访龙苴李益山故居 ·············· 78

游西双湖 ······················ 78

畅游桃花涧 ···················· 79

咏孔望山 ······················ 79

游孔雀沟 ······················ 79

抒情世事

垂钓归来 ······················ 83

读《聊斋》有感 ················ 83

无题 ·························· 83

秋读 ·························· 83

晨练 ·························· 84

雨韵 ·························· 84

校园一束·楼头远望 ············ 84

说写诗 ························ 84

咏伊山抱树石 ……………… 85

分田到户喜晒麦 …………… 85

古泊河晨韵 ………………… 85

学生田径运动会 …………… 85

观学生田径运动投掷 ……… 86

咏广东杂技团巴黎夺金项目
"芭蕾对手顶" …………… 86

赛跑 ………………………… 86

过梁子 ……………………… 86

咏白菊 ……………………… 87

南国归来，值沂河泄洪咏 … 87

趣话插稻 …………………… 87

怨亦无补（悼亡四首） …… 88

过开发区寄徐林 …………… 88

田间即景 …………………… 89

咏伊山抱树石 ……………… 89

咏盐河向阳大桥 …………… 89

新年漫话 …………………… 90

看榆树落钱戏咏 …………… 90

远眺伊山若睡美人 ………… 90

元旦学生晚会记咏 ………… 91

咏港城桃花节 ……………… 91

咏教师县级管理 …………… 91

冈岭植成片林 ……………… 92

丰收在即 …………………… 92

晨练即景 …………………… 92

市颁布云台山封山育林令，有感
大伊山 ……………………… 93

贺申奥成功 ………………… 93

申奥成功之际新浦火车站广场
采风 ………………………… 93

参观慈禧大戏台 …………… 94

久雨 ………………………… 94

平流雾即景 ………………… 94

庆祝建党八十周年 ………… 95

咏矿难中的党员英雄 ……… 96

县招商引资礼赞 …………… 96

纪念《讲话》发表六十周年 … 96

观冈岭杨林 ………………… 97

见义勇为礼赞 ……………… 97

庆祝香港回归五周年 ……… 98

歌颂十六大 ………………… 98

纪念灌云建县九十周年 …… 98

咏菊 ………………………… 99

咏马兰头 …………………… 99

咏县城整治 ………………… 99

咏雪 ………………………… 100

咏灌云奋起直追 …………… 100

咏冈岭生态林 ……………… 101

纪念邓小平100周年诞辰 … 101

咏创建平安县 ……………… 101

纪念毛泽东110周年诞辰 … 102

提升灌云形象 ……………… 102

寄在大阪的研修工女儿 …… 102

咏校园栀子花 ……………… 103

谒龙苴烈士园陵 …………… 103

咏澳门回归 ………………… 103

惊悉方俊撒手西去 ………… 104

游南京长江大桥巧遇许司令
·············· 104
随侄参观煤矿井下作业 ······ 104
与孩童海浴 ············ 105
咏镇上新居 ············ 105
戏咏秦俑馆首任管理员杨志发
·············· 105
两岸春节包机直飞成功 ····· 105
咏东磊玉兰花王 ·········· 106
咏市花玉兰 ············ 106
记人工增雨 ············ 106
银杏被评为市树感咏 ······· 107
途次宿迁咏霸王 ·········· 107
建军八十周年咏 ·········· 108
家有八哥 ·············· 108
小滚笼打稻记 ············ 108
庆祝十八大 ············ 109
神九与天宫一号对接成功 ··· 109
喜雨 ················ 110
游周庄迷楼咏柳先生 ······· 110
戏咏老魏修车行 ·········· 110
吴江记梦 ·············· 111
三里桥上放风筝 ·········· 111
谒唐寅墓 ·············· 112
建党九十周年 ············ 112
因滥采，小伊山变成了人工湖
·············· 114
杨絮如雪 ·············· 114
杨絮致人过敏 ············ 115
听鸟 ················ 115

谢友人宜兴送别 ·········· 115
复短信与友人 ············ 116
致友人 ·············· 116
街头玉兰 ·············· 117
赏梅寄友 ·············· 117
严冬 ················ 117
打扑克 ·············· 117
参观镇自来水厂试运营 ····· 118
重修石佛寺，凿石，屡现涉佛
画面，搜集陈列，观后感赋··· 118
忆岳母 ·············· 119
新沭阳 ·············· 120
谢友点歌 ·············· 120
三股台风同时袭我沿海 ····· 120
省基层文艺巡演来龙苴中学校园
举行 ················ 121
客宜兴小记 ············ 121
短信答客 ·············· 121
青海玉树大地震 ·········· 122
全国女排大奖赛在灌云新体育馆
举行 ················ 122
慰烈工程新竣，谒而感咏 ··· 123
咏北京奥运会 ············ 124
汶川地震 ·············· 124
"嫦娥一号"奔月有感 ····· 125
龙苴小城镇建设 ·········· 125
新农村建设 ············ 125
题"温馨家园"沂河淌照片
·············· 126
咏龙尾河畔广场舞 ········· 126

"嫦娥三号"登月成功 …… 126

戏题冰窗花 …………… 127

忧霾思治 ……………… 127

咏深秋银杏树 ………… 128

退休 …………………… 128

看电视剧《二叔》 …… 128

感陈华平招饮 ………… 128

咏农民老人免费乘车 …… 129

县城归来 ……………… 129

看四侄骆马湖垂钓 …… 129

咏于淄博定制巨幅长城壁画

………………………… 130

中秋记梦 ……………… 130

夏晨 …………………… 130

家孙芳鼎光荣入伍去新疆服役

………………………… 131

咏辽宁舰歼-15舰载机起降成功

………………………… 133

悼歼-15"飞鲨"起降辽宁舰

总指挥罗阳烈士 ……… 133

雷电击破吾宿舍房脊作 …… 133

咏学校乌桕红叶 ……… 134

咏友人乔迁连云港市板浦镇

………………………… 134

圆国梦 ………………… 135

初识民间互助理财之谜 …… 135

咏亚投行创始国签约成功 …… 136

忆恩师 ………………… 136

惊悉窗友驾鹤西游 …… 137

应邀出席老庄刘姓始祖立碑式

………………………… 137

有感于老虎、苍蝇一起打 …… 137

咏黄老虎 ……………… 138

捡枫叶 ………………… 138

咏十九大·北京 ……… 138

回首一届 ……………… 138

与友人一束 …………… 139

梦中闻弦 ……………… 140

2012年7月24日三沙市正式挂牌

成立 …………………… 140

乘机 …………………… 140

港城初雪 ……………… 140

新居 …………………… 141

东海温泉 ……………… 141

也说烦心 ……………… 141

观女排里约夺冠 ……… 142

乒乓球蝉联世界冠军 … 142

龙苴汉城一束 ………… 143

戏题雨后门前路 ……… 144

有感 …………………… 144

游跨海大桥 …………… 145

"八一"感咏 ………… 145

赏紫罗兰 ……………… 145

闲聊 …………………… 145

农家一束 ……………… 146

马齿苋 ………………… 148

讨厌的杨絮 …………… 149

买鸡 …………………… 149

咏新居 ······· 149
戏题拙荆詈鸟 ······· 149
乙未中秋节见咏 ······· 150
重阳述怀 ······· 150
咏盲友高君 ······· 150
纪念"九三阅兵" ······· 151
龙苴大桥拆后久拖未建 ······· 151

龙苴大桥建成 ······· 152
乙未中秋赏月 ······· 152
建党节咏 ······· 152
四季花城小住留咏 ······· 153
咏治淮之治沂 ······· 154
咏入读新建龙苴中学 ······· 154

寄情历史

纪念"一二·九"运动学生演讲会
······· 157
谒岳坟 ······· 157
谒伊山烈士陵园 ······· 158
凭吊伊山烈士陵 ······· 158
纪念"五四"偶成 ······· 159
谒抗日山烈士陵园 ······· 159
凭吊淮海战役烈士纪念塔 ··· 159
谒刘老庄烈士陵园 ······· 160
龙苴烈士陵园修葺一新谒咏
······· 160
怀念李桂芝烈士 ······· 161
咏无名烈士墓列 ······· 161
过大村咏王朗 ······· 161
瞻仰张应春烈士纪念碑 ······· 162
张继铜像前咏 ······· 162
看新编历史剧《成败萧何》有感
吕后 ······· 163

端午咏屈原 ······· 163
瞻仰辽沈战役烈士纪念塔 ··· 163
谒安峰山烈士陵园 ······· 164
咏抗日女英雄李林 ······· 164
读《垓下歌》 ······· 165
谒岱庙感咏 ······· 165
谒五人墓咏 ······· 165
咏迷楼 ······· 166
谒淮安周总理故居 ······· 166
首个全民族抗战胜利纪念日有感
······· 166
访中正咏卞赓 ······· 167
读万寿山抗日摩崖石刻 ······· 167
谒麋竺墓 ······· 168
石棚山麋竺墓前寄咏 ······· 168
谒淮海纪念塔 ······· 169
谒邓小平铜像 ······· 169

后记 ······· 170

一、纵情山水

谒中山陵

总理鸿猷建共和，推翻帝制起农奴。

中山陵左孝陵殿^①，天贶^②人雄世楷模。

注：①中山陵和明孝陵相距较近。

②天贶：天赐。贶（kuàng），赠送。

游故宫养心殿感咏

殿阁巍巍接碧霄，天成数代帝王骄。

垂帘听政深为患，满目疮痍暗九州。

游放鹤亭

鹤品人评后世追，风流学士足丰碑。

书山宦海留佳话，屡贬频谪不掩辉。

咏龙苴城^①

秦砖汉瓦复残垣，韩信当年诡计玄。

司马一身空是胆，平添掌故任流传。

注：①龙苴城为楚将司马龙苴所建，现为江苏省文物保护单位。

登南京中华门

瓮城兵洞匿玄机，古堡雄浑绝世稀。
偏是不赢成祖爱，难圆种种到今疑。

南京夫子庙

千金买笑旧秦淮，有悖纲常孕祸胎。
文德桥头文庙殿，如何夫子不悲哀。

咏东海温泉镇

汤姑巧把玉瓶开，天贶远乡一等财。
旧是村人裸洗处，如今风景似蓬莱。

游山遇雨

烟雨迷茫山一统，啁啾鸟语出空蒙。
时闻游旅频呼伴，不使迷途误客程。

游八达岭长城感赋

峻岭崇山巧作基，长城造就国人稀。
胡虏屡阻隳突扰，汉室时燃煮豆萁。
客乘缆车和云矗，人沿阶蹬上天梯。
靓阛随势依山建，溢彩流光眼欲迷。

戏题伊山鳄鱼石

生来江海搅波澜，也为充饥偶顾滩。
最使游人长见识，居然迎客上高山。

登伊山

古伊如画也如诗，天贶人文叹两奇。
五岳三山称壮美，小家碧玉惹人迷。

雨后伊山老龙涧

浣后峰峦绿更浓，千沟万壑碧淙淙。
游人笑洒山阶满，遥见九天降白龙。

九月九日登伊山

重九登高今古同，石级断续上葱茏。
无尘松竹皆滴翠，吐馥山花数点红。
市矗琼楼金灿灿，村居烟树一丛丛。
班荆侃到明年约，仍趁金秋草木荣。

登伊山博爱亭

登亭举目任驰骋，玉宇琼楼水自横。
宁连路上车如箭，顿饭工夫到石城。

咏伊山鳄鱼石

天生灵石鳄鱼胎，眸邃唇突齿数排。
伺猎晨昏疑欲动，神工鬼斧凿将来。

登燕尾港开山岛记咏

一

碧螺出水透烟纱，勒石南屏岛为家。

小憩几番凌绝顶，迷踪裂眦淼无涯。

二

海田万顷一青螺，翔岛群鸥嬉语和。

偏是金秋天气好，风轻日丽唱渔歌。

三

戍疆防洞纵与横，遍筑迷宫可爱人。

两井尘封他岁凿，万千石笋是天成。

四

谁抛仙髻海中深，时有时无假乱真。

待到东天升玉兔，是星是塔也难分。

冬感哈尔滨

六角飞花不可羁，长街短巷路人稀。

天前一色银迷眼，身裹刀风不觉衣。

途次锦州品小吃

远足方知万里遥，归期舛误路迢迢。

孑然举目无亲叹，却品粘糕慰寂寥。

乘渡牡丹江

牡丹江美胜牡丹，近写长林远映山。

船窄容人偏稳健^①，有惊无险过凌滩。

注：①小船窄而长，快而稳。

游开封龙亭公园

千般别致帝王都，掌故流传是活书。

隔路双湖标善恶，清浑可溯始成乎？

登开封龙亭

名是龙亭不是亭，金銮宝殿宋朝廷。
将倾大厦靖康乱，四海南奔怨不平。

开封御街怀古

当年御苑见辉煌，酒醉公卿色醉王。
奇耻靖康俘二帝，都因权贵祸忠良。

游开封大相国寺怀古
一、怀苏轼与佛印①

御言一句入空门，为睹天颜别旅程。
了却尘缘非易事，也恩也怨执交人。

二、怀鲁达与林冲

皇城百味汴河东，古寺笼烟播暮钟。
仗义行侠园主怒，循规蹈矩惜林冲。

注：①佛印原名谢端卿，法名了元，号佛印，宋神宗赐其剃度。

谒包公祠

府尹虽荣竞扎堆，唯君逸众放光辉。
一折铡美无从考，全靠为官理不亏。

谒曲阜孔林

怪干虬枝古树丫，百年结就老苔花。
灵园千顷无蛇影，仙木万株不落鸦。
长寝哲人清净地，时承帝相祭优奢。
圣人寄语皆遗训，福泽人寰未有涯。

游洛阳龙门石窟

秦地海天一日程，轻车递度客龙门。
两山夹岸兼天碧，一水中分卷地腾。
峭壁三千窟似染，危龛十万佛如生[1]。
雍容华贵卢舍那，仰祷如朝女至尊[2]。

注：①石窟三千余个，大小刻佛十万余尊。
　　②卢舍那佛是按照武则天的形象塑造的。

游西安

追怀辇影踱天街，旧事新思总费猜。

马嵬坡前温誓愿，有心无力好悲哀。

登大雁塔

浮屠①拔地起云霄，犹是通天直立桥。

玄奘构营无例出，杜岑登览唱头筹。

西连浩碛驼识路，东去沧溟岭作桥。

汗背疑为离日近，紫烟笼处五陵②矫。

注：①浮屠：佛塔，这里指大雁塔。

②五陵：汉代五陵为长陵、安陵、阳陵、茂陵、平陵。

游华清池

华清池畔诉衷心，细语呢喃怕客听。

不是三郎真寡爱，不行朕令奔川兵。

咏华清池

玲珑池制落梅花，温可宜人水一洼。
裸洗当年倾国色，谁疑永飨帝王家。

登泰山

登凌岱顶觉天低，叠巘参差幌似梯。
脚下云开舒望眼，通衢犹类数根丝。

游宜兴善卷洞

一柱擎天掩洞门，豁然广厦两三层。
仙宫禁品迷游眼，身在蓬莱不染尘。

咏宜兴善卷洞

四季风光一洞中，炎凉身受迥非同。
蔬禾叶放时鲜绿，菡萏花开傲艳红。
串串香蕉弯藤蔓，皑皑白雪压青松。
游船活水山头落，尽是长天自在功。

登伊山森林公园

烈日当头热浪腾，登高凉气自生成。

山林六月宜如水，未敢专私约友人。

咏虎丘斜塔

浮屠斜矗虎丘头，栏栅严严慰近愁。

游人欲作他年计，许向绢中觅绣楼。

登云龙山

绿水青山亘古情，天公造化惠生灵。

知州①诗就还余醉，圣帝②书成翰墨馨。

领袖③拾级腰脚健，吾侪欲上汗如倾。

喧嚣市井倚屏翠，在眼烟笼楚王陵。

注：①知州代指苏轼。

②圣帝代指乾隆帝。

③领袖代指毛主席。

登金山寺

山寺凌涛抑水喉，旧时帝相屡登楼。
无穷世事淘方尽，只借妖仙话爱仇。

游瘦西湖

小杜诗成老杜惊，琼城绝唱倍龙亲。
欲从湖上无端恨，一觉为何不到今。

泛舟西湖

泛舟击棹任舠公，塔影亭姿列碧空。
印月三潭亲触摸，半湖鸥鸟导游踪。

登文游台咏

淮堧旧事数难忘①，煮酒西园誉水乡②。

殿试从容龙虎榜，于飞尴尬作东床③。

书山有份添珠玉，宦海无心苦鹜翔。

独上危楼舒暮眼，烟湖思绪两茫茫④。

注：①台悬匾额"淮堧名胜"。

②民有"高邮邵伯水连天"之说。

③民间传说有"苏小妹三难新郎"。

④指高邮湖。

游盂城驿

马石晷盘古韵浓，屡迎圣驾驻真龙。

游人不解他时味，只管眼前似画丛。

咏石棚山

一枝独秀出峰林①，多彩多姿赚客行。

悟彻丸山声誉大，苏吟石诵长风情②。

注：①此山为锦屏山区之一峰。

②山上有与苏东坡、石曼卿有关的胜迹。

咏石棚天成

幻化不由世力图，天公主意定沉浮。

石棚①四季千般景，骤雨狂风胜绣庐。

注：①万吨巨石，一柱独支，状如棚屋。

游石棚怀坡仙

只怪当年识字差，粗知《减字木兰花》①。

风流学士怜歌女，如到临皋谪宦家。

注：①当年苏东坡在石棚中饮酒填词《减字木兰花》，有海州歌女
为其弹奏，深得学士怜爱。

咏孔望山龙洞

一

峭壁偏存一洞空，溟蒙幻化赖天公。

只因一纸《述初赋》①，千古惹人觅旧踪。

二

蜗洞玲珑足可奇，又添谪判小诗题。

难稽鏊字书成后②，引得游人更着迷。

注：①东汉文人崔季珪作《述初赋》，记述龙洞中道人修成仙去
　　　的故事。后来郦道元在《水经注》中转述了这桩奇闻，故名
　　　传遐迩。

　　②大明林廷玉，由工科都给事中言事谪判海州，弘治十二年
　　　（1499）重阳节游山题刻五言绝句及跋。后鏊去跋中九个字，何
　　　意? 成为千古之谜。

咏山海关

独占神州第一关，风吹草动及江山。

衣峰带水生来健，风雨如磐报国安。

游渔湾

一

迸珠溅玉接云长，涌似奔骢细弄簧。

山水撩人贪纵步，尘凡小憩老龙床①。

二

山环水挂老林稠，都道江苏九寨沟。

游后方知传是确，莫疑大圣显神偷②。

注：①景点老龙床，可供休憩。

②这里是孙大圣的老家。

游花果山

撩人蜂蝶疾如梭，花满枝头果满棵。

晴雨皆宜怪石趣，氤氲缭绕竹仙坡。

雌雄银杏参天碧，上下飞湍动地歌。

接踵摩肩同闹市，国人老外一般多。

游龟山汉墓

帝王西去足奢靡，别样宸宫凿建奇。

喜驻游足观墨宝^①，惜与总理未同时。

注：①李鹏游龟山汉墓，题词：龟山汉墓，堪称一绝。

参观蒲松龄故居咏

道是欢听鬼唱诗^①，个中滋味有谁知。

百年方有精英出，科举徒为蹬仕梯。

注：①蒲挚友时任刑部尚书的王士禛为其题诗有"爱听秋坟鬼唱
诗"句。

游太湖仙岛

欲寻仙品去天街，犁浪乘风绿锦裁。

再自"会仙桥"上过，沿阶只向日边来。

游烟城感咏

战国纷争世运艰，烟城枉道水三环。

天时地利人和备，欲扫全球卷巨澜。

参观南浦大桥

桥开另类造悬拉，独步神州第一家①。

江海何愁天堑隔，亲题着意壮新芽②。

注：①南浦大桥当时为世界第三大叠合梁斜拉桥。

②由邓小平题写桥名。

和家孙芳鼐登白虎山①

虎卧蔷薇碧水隈②，风光惹客欲忘归。

朝朝露饮逍遥蚌③，岁岁雨抹自在龟④。

小石棚中惊瑰宝⑤，飞来石上沐金辉⑥。

"特支"诞地怀先哲⑦，同读亭前纪念碑。

注：①山在海州城南，状如卧虎，多裸岩，故名。

②连云港母亲河。

③④⑤⑥为著名景点。

⑦早期地下党支部建立处。

咏大沙湾海滨浴场

怀拥万顷海茫茫，戏水人群喜欲狂。

鸥燕纷飞环碧岫，沙滩坦荡似金黄。

"连云之夏"歌长美，国际沙排赛事忙。

苏马湾前生态好，西堤如练接扶桑。

瞻仰周总理故居

一

山河破碎待兴修，展翅鲲鹏多事秋。

定国安邦功不朽，照人光彩世长留。

二

天将大任降人杰，执辔征骖未可歇。

去后方圆除四害，一生磊落似冰洁。

访伊山白云洞

白云洞美誉千秋，久欲登临念未休。

"憋死猫"①通宽吊胆，怪岩崖刻任优游。

注：①"憋死猫"景点，凶险异常，意为连猫也难通过，故名。

游东磊

悬瀑飞来彩霰柔①，羊肠道挂摘星楼。

回眸碛海翻波浪②，更喜天公叠石头③。

注：①瀑布。

②石海。

③有巨石三块，自然叠垒为"磊"，故名东磊。

游临潼五间厅

千古遗风访圣宸，人潮涌动续如绳。

当年兵谏惊中外，户牖依稀着旧痕。

游兵谏亭

亭前峦岭碧参差，见证当年举义师。

理共驱倭休煮豆，何须兵谏费深思。

参观兵马俑第一展厅

秦皇大略世间稀，千载无双身后奇。

制墓铺呈微世界，御陵布就虎狼师。

披坚执锐排兵阵，跃马张弓夺敌姿。

放眼环球寻傲气，莫如秦俑耀龙旗。

咏秦陵兵马俑

秦俑无言却有情，雄姿英发护皇陵。

泥封草掩三千载，一展真容天下行。

游燕子矶

含浴忘年燕子矶，拍岩飞雪溅游衣。

玲珑水洞星罗列，欲览江天俯上梯。

谒燕子矶纪念亭感赋

历惊燕子久难安，忍见当年血洗滩。

五万生灵寻避所①，三千枪炮震江关。

兽行可写长天满，罪恶堪堆大地山。

莫信邦邻衣带水，须防战寇死灰燃。

注：①当年五万群众到燕子滩避难，被日寇全部杀害。

登矶远眺

细雨初停燕子娇，闲从巡道足逍遥。

御碑亭上调方定，雾薄烟轻望二桥。

登燕子矶

矶名燕子应玲珑，偏觉登临气势雄。

控阙锁江王气足，几回收拾驻真龙。

和家孙芳鼐登蜘蛛山①

登山寻趣上蜘蛛，怪石虬枝景物殊。

大美重岩连叠嶂，不虚老少访州都。

注：①山在海州城南。

望蜘蛛山偌大冰瀑

款款涓流曲曲行，渐渐隐现下天庭。

臆猜仙丽休闲处，只见冰帘不见人。

登长城

巍峨险峻立峰巅，雁过也须费力扇。

莫道秦皇施暴役，还因岁岁起狼烟。

咏花果山千年银杏

一

九龙桥畔立千秋，伟岸雍容气宇赳。

宋雨明风清月白，向人飒飒未曾休。

二

度来千岁正年轻，育籽累筹济世心。

挡雨遮风宜小憩，广传掌故客人听。

游花果山

西游一记誉中华，花果名山大圣家。

纳怪藏妖钻古洞，唐书宋刻赏摩崖。

登临始觉千山陋，细览方知万物华。

还借吴氏生花笔，再添一段大湾沙①。

注：①连云港另一热门景点。

游同里

一

同里从来水上城，蜂纷游客五洲朋。
居行不类他乡俗，巷尾街头舟自横。

二

待命船舫一字排，闻梆翔水捉鱼儿。
浑然不解渔翁意，吞进还须吐出来。

吴江区三里桥生态园小憩

不意隋河绾个圆，松青柏翠桂香传。
呢喃有味偷闲侣，坐数南来北往船。

登玉女峰

玉女巍巍迂古稀，蹒跚沿磴上天梯。
莫嫌登顶时近午，甘逊乘车索道迟。

农民团赴京游小记·农民逛首都

与时俱进话农夫，巧趁田闲逛首都。
感受复兴伟业好，心潮澎湃似云舒。

看升旗

曙色初升上九重，轻凝紫气弱朦胧。
星旗丽日同升起，万里长空一片红。

瞻仰毛主席纪念堂

肃穆庄严纪念堂，模糊泪眼看慈祥。
成功改革心声告，华夏如今胜列强。

参观军事博物馆

复兴伟业铸辉煌，军事尖端正领航。
沧海暗流兴恶浪，厉兵秣马待豺狼。

游故宫

一

当年圣帝坐金銮，生死予夺独握权。
自守闭关苛政续，好将一统子孙传。

二

宸宇辉煌近万间，金銮宝殿壮如山。
一张龙椅千金制，割地赔银坐未安。

三

掸尘挤过午朝门，天子临朝旧踏痕。
四季游人如潮涌，五洲独占聚金盆。

游居庸关长城

龙关雄峙欲腾飞，翼拍双峰势展威。

登上崇楼舒望眼，重岩叠嶂沐金辉。

登六和塔

一塔摩天曲曲通，筑来精细费时功。

江山似画千般秀，尽在凌空眺览中。

参观钱塘江大桥①

积弱时桥百世功，京张詹路隔时空。

中华代有精英出，更在与时俱进中。

注：①此桥为全国重点文物保护单位，20世纪30年代由茅以升主持
设计。京张铁路为詹天佑主持修建，是中国第一条铁路。

游骊山

楚人一炬点阿房，总是怜他恨始皇。

七国珍稀化黑土，中华文化少辉煌。

游西湖

一

苍山如黛水清清，一秩光阴两问津。

不惮杭城无旧识，相逢一叙似家亲①。

二

飞来峰峙碧波边，绿树掩阶曲向天。

自到峦前休卖老，机缘结伴拜山仙。

三

西子湖边景物天，萍缘结下忘年交。

飞来一曲兵哥颂②，甜润悠扬上碧霄。

注：①与陕西师范大学音乐系魏亚宁女士结为旅友。

②魏女士演唱了《兵哥哥》。

游乌镇

潜移默化大家书，乌镇风光入眼初。

兼访水城观两栅①，更因沈部过江苏。

注：①乌镇有东栅、西栅两个风景区。

游吴中西山

一

仙姝撒就水中孤^①，一线穿来翡翠珠。
六月杨梅红欲黑，蟠桃似蜜醉人酥。

二

西山极目水连天，似有如无动绿烟。
珠岛流香青欲滴，渔舟点点白云边。

注：①指诸岛。

登阊门

阊门起建构裁繁，天地融和合一元。
圮制纷呈三五处，清流恰似九回环。
山塘七里诗神建，水气两通堪舆诠。
吴里优游登顶眺，琼楼碧岫沐晴岚。

苏州阊门前有感

阊门神秘写沧桑，曾历"红蝇赶散"殃[1]。

劫后千年传断续，今人时聚话家乡。

注：[1]明初"红蝇赶散"时，此处居民纷纷向别处逃命定居。

访白公祠

七里山塘异旧时，倚城带水立公祠。

风梳雨盥勤为吏，忧国忧民一卷诗。

登东方明珠

一

跃上明珠望众朋，楼高小比计新成。

眼前云下无须数，就点云端多少层。

二

国际名都海上关，列强旧当碟中餐。

而今江右群星灿，胜是申城滩外滩。

游寒山寺

寒山载覆不寻常，一塔巍巍矗水旁。

张继吟诗愁夜泊，名同岁月一般长。

访屺亭徐悲鸿故居

粉墙黛瓦武宜长，院起鹍鹏展翅翔。

泼写丹青均绝品，画坛一扫旧时光。

瞻仰金三角徐悲鸿塑像

深思远瞻矗陶都，艺冠东西众口呼。

独慕丹青尊傲骨，为君不读"两与"书①。

注：①"两与"书即蒋碧微著《我与悲鸿》《我与道藩》。

游伊山

葱茏掩映曲台阶，登顶神怡望眼开。

盐水舟绳穿市去，宁连车蚁过江来[1]。

东行紫气三山出，西舞祥云七女裁。

若问幽伊游后感，风光绰可小蓬莱。

注：①盐徐、宁连高速均过市区。

咏宜兴

一

钟灵毓秀集陶都，过巷沿街胜读书。

即便休闲也受益，洞天竹海氿连湖。

二

人文积淀看陶都，展馆参观访故居。

改革春风吹嬗变，惊奇每个日之初。

有感上海世博会

一

曼舞欢歌喜欲狂，办博不再是黄粱。
百年奋斗今实现，民族精神永发扬。

二

世博征辔驻神州，美轮美奂不胜收。
科技高新呈万象，人和天地共吟讴。

游伊山感咏

若把伊山比岱嵩，欠他伟岸却玲珑。
自然文化双遗产，莫叫游时步履匆。

游同里

一

千年同里建来奇，水复桥重旅足迷。
过户沿街舟代步，名园巨第绕清溪。

二

水乡古镇足流连，艳咏轻吟任达贤。
骚客虽留拍案句，眼前景物更娇妍。

咏伊山大佛

大佛巍巍向岭齐，慈眉善目着金衣。
八方香客祈心愿，度来宜早或宜迟。

浙西游纪行

临安青山湖印象

名闻遐迩两西湖^①，花木亭台仕女图。

独逊青山湖大气，不须修饰俏村姑。

游湖

明明隐隐万山连，巧掖波光十里天。

猿步摇桥螺岛动，画舟载客过云巅。

乘车

车随山路路随山，斧凿刀削十八弯。

弓顶两旁鸣号达，心悬座外怵深渊。

夜宿神龙川

（一）

深山来晚早，客舍入眠迟。

黑幕连天大，窗前作小诗。

（二）

山中无日出，仰望月当空。

涧水不知倦，轻讴一曲春。

青山湖水上国家森林公园

伟岸英姿落叶杉②，漂洋过海莅临安。

湖中布阵安营寨，大美人间第一观。

漫步水上森林公园空中人行道

杉林植上湛蓝天，举目凌移漾绿烟。

时有白云穿树过，游人指点踱如仙。

浙西大峡谷龙门瀑布

两峰对夹放龙门，泄玉倾珠万马腾。

乱石滩深清见底，炎天飞雪溅游人。

峡谷漂流

峡谷漂流野趣佳，令人震撼落高差。

有惊无险时追尾，拍岸惊涛卷石花③。

注：①两西湖即西湖和瘦西湖。

②落叶杉原产美国，尼克松访华时引进。

③水流两岸的石头大小各异，皆光滑，色洁白如浪花。

媚香楼前感咏

一

摘取功名访旧人，谁期信物火中焚。

羞因无处投明主，枉使桃花血染成①。

二

栖身楚馆位卑轻，未敢全抛《女儿经》。

血写桃花情义重，天公何负玉姬心。

三

秦淮潋滟夕阳斜，曾住当年八艳家。

商女也知亡国恨，不将忠义共人渣。

注：①故事见《桃花扇》。

登海州镇远楼

巧筑巍峨镇远楼[①]，南朝工匠应封侯。

神通三圣消灾祸[②]，气锁双龙镇恶流[③]。

纵览九庵十八庙，遍观八景百山头[④]。

几经兵燹今尤健，感悟须登百尺楼。

注：①楼初建于南北朝时期的南朝梁武天监十二年(513)。

②三元宫所供的天、地、水三圣，护佑一方。

③楼南旧有双龙脉，凿双龙井，永消水患。

④旧有朐阳八景。

参观板浦汪家大院

钟灵毓秀盐河滨，诞育科坛三巨星。[①]

未必初衷秦晋约，却与蒋氏两联姻。[②]

注：①一家三兄弟汪德耀、汪德昭、汪德熙均为科学家。

②汪女汪长诗与蒋经国儿子结婚。

访汪氏故居

瑞院清幽锁紫微，三星振臂国增威。

百年顾巷洁如许[1]，何日再迎赤子归。

注：①故居在连云港板浦镇，保存完好。

乘泰山索道

脚踏中天上碧空，飞流弹指到霞宫。

风光无限登凌趣，未入些须一寸中。

游宿城仙人屋

古木多缠旧岁藤[1]，崖头瀑布挂如绳[2]。

山中自古琳宫在，洞里因时紫气腾。

石案无尘宜叠卷，云窗有径过佳人。

陶公[3]独羡风光好，大气挥毫墨宝存[4]。

注：①②为仙人屋景点。

　　③陶公：即晚清时任两江总督的陶澍。

　　④仙人屋镌陶题"仙人屋"字样及诗。

咏南李沟美人桥

激滟时亲细柳条，无梁殿傍美人桥。

捣衣仙子生尘念^①，面泄春光意带柔。

注：①有仙子捣衣于桥的美丽传说。

咏石梁河水库

苏北鲁南水一洼，愚公血汗和泥沙。

酬勤自有天公道，致富渔农百万家。

游乘槎亭咏张骞

汉家大业足辉煌，军健民殷固国疆。

碛路驼铃传域外，沧溟帆影越重洋。

张骞出使功千古，刘彻加封镇八方。

泗水几来疑阆苑，欣将仙化选朐阳^①。

注：①汉元狩四年(前119)，泗水国王刘舜卒，张骞为武帝特使数
次来此处理有关事宜，为海州景物所动，故选此终老，于乘
槎亭仙化。

烧香河①寄咏

一

欲上灵山拜佛乡，扁舟代步屋为舱。
一河尽是烧香客，不见三元降福光。

二

烧香河畔话烧香，果腹遮寒寄上苍。
当代愚公不信邪，荒滩嬗变米粮仓。

注：①烧香河是旧时上花果山三元宫进香的主要通道。

漫步蔷薇河①畔

一

蔷薇河面泛金光，百万家庭灶溢香。
保护水源常态化，倩她世代供琼浆。

二

滨河直到海州湾，崛起新城赛外滩。
事大不如环保大，母亲子爱永平安。

注：①连云港市母亲河，是饮用水源。

漫步盐河路景观带

盐河①开凿万年功,北国江南一线通。

知味淮盐输蜀外,闻香湖米倒连中。

扁舟载物胜车马,碧水浇排利养农。

独誉外滩偏有偶②,堤西十里一般春。

注:①唐武则天垂拱四年(688)初开,至明万历十五年(1587)完善。

②盐河路十里风光带景物宜人,可与上海外滩相媲美。

游唐寅园

欢声笑语伴铿锵,独占鳌头四杰①乡。

不识解元三绝品②,津津乐道《点秋香》。

注:①即唐寅、祝允明、文徵明、徐祯卿。

②唐寅当年举解元。解元是科举制度中乡试第一名。三绝品,
即诗、书、画三绝。

咏双龙井

始凿龙泉景泰深①,千年不负海州人。

非珠非玉胜珠玉②,无语含情石有痕。

注:①明朝景泰年间,海州官董鼐所凿。

②石井台留有深深的绳沟。

咏海州玉带河

河经板浦向东宽，玉带几弯到闸端①。

撒尿成灾龙王荡②，鱼丰蟹熟米粮川。

注：①该河几经弯曲流至东陬山大闸入海。

②俚谣"青蛙一泡尿，淹了龙王荡"。

戏咏伊芦山猴头石

伊芦山下压刁猴，原是如来计一筹。

捉怪降妖功绩在，如何身陷只伸头。

咏墟沟北固山望海楼

北固山前望海楼[①]，主人几易更风流[②]。

旧陈老态凄风雨，时展新姿玉石头[③]。

千里沧溟归眼底，百年更迭上心头。

东延西组连珠璧[④]，四海来宾一境游。

注：①望海楼又名雪轩别墅，民初建筑，风格独到。

②1926年由海州镇守使白宝山所建，抗战前夕，赠予时任安徽、山东两省主席的陈调元，又称陈调元小楼。1948年由解放军接管，现为警备区招待所。

③楼墙体的石材质优如玉，大修后，光可鉴人。

④东连连岛，西组合西墅。

咏板浦秋园^①

园林偌大冠名秋，院外千年活水流。
泽被淮磋彰吏治^②，卤形碧草贴情修^③。
人从石拱桥前过，忆在去思碑下留^④。
金字名题何部长^⑤，寻幽四季万人游。

注：①秋园为清末民初淮北盐政使缪秋杰所建私家园林，占地百
亩，素有"苏北第一园林"美誉。

②碑刻"泽被淮磋"，以示纪念其政绩。

③草坪修成"卤"字形以示园主人的职业特点。

④调任后，民众立去思碑。

⑤园名"秋园"二字红底金字，为缪婿、时任农业部部长的何
康墨宝。

登华山

登天栈道傍云铺，只见眉前脚后虚。
步步维艰强步步，不知何处效投书^①。

注：①传说韩愈登山至苍龙岭，胆战心惊，遂将书投下岭去，是为
"韩愈投书处"景点。

登古凤凰城城楼

旧时欲上凤凰城，弃马乘槎放橹行①。

东去千峰连浩海，西铺万垄米粮坪。

长街一道宽如缝②，碎石碴居细若鳞③。

似网通衢连浙鲁，琼楼灿烂立如林。

注：①旧时城下皆海汊。

②六朝一条街长三里，宽三米，登高远眺如一缝尔。

③古东夷人用碎石垒房，不用馅物，堪为绝技，现当地有人仍

　能为之。

登凤凰城楼感咏

城楼厚重匠人心，石刻砖雕样样精。

恰似泱泱书一卷，清风明韵六朝①情。

注：①城初建于六朝时期（三国至隋），故云六朝一条街。

登凤凰城楼远眺

登上城楼览大千，晴岚碧岫柳含烟。

新街古巷相成趣，闹市果然有洞天。

游无锡灵山祥符禅寺咏祈愿

凛然浩气列仙班，扶正祛邪破万关。
心底藏污乔作态，难蒙慧目得平安。

太湖边远眺

湖光山色映云天，墨客骚人唱万篇。
若比眼前长画卷，总嫌词句欠新鲜。

游景山①

景山极目望葱茏，独访孤株读旧凶。
吏史难寻勤勉帝，起居少有至廉君。
励精图治轻生死，整饬纲常近利功。
死节君臣屠骨肉②，上苍未必尽于公。

注：①崇祯帝朱由检自缢于此。
　　②君自屠骨肉，近臣也有自屠骨肉或自杀的。

偕伊游鼋头渚

一

雪花飞洒染游衣，却见仙鼋浴正痴。

人戏鼋头鼋戏水，神怡心旷晒丰姿。

二

宵衣旰食付时空，濡沫均沾四十春。

但葆身强腰脚健，年年陪你过江东。

旅次巩义

峰重峦抱碧川长，诗圣巍巍出盛唐。

掷地有声歌万韵，难抚晚景足凄凉。

咏石棚山石曼卿逸事

玉枣芳仁外裹泥，危岩险隙掷投弥。

天成一段风流案，果满斜坡花满蹊①。

注：①石曼卿判海州时，于石棚山裸岩危崖处巧种花木。

偕伊游吴江公园

为山迤逦任徜徉，留影千竿竹子旁。

小憩崇亭舒望眼，宜人天地是鲈乡。

徒步杭州湾跨海大桥①

跨海津梁自古无，烟波浩渺变通途。

新疑旧训"回头是"②，始信今人"万事如"③。

注：①桥长36千米，曾保持中国世界纪录协会世界最长的跨海大
　　桥世界纪录。

　　②③是俗语的歇后用法。即"回头是岸""万事如意"。

游杭州湾跨海大桥

浩渺烟波架彩虹，嘉宁有道舞蛟龙①。

南连沃野三千里，东去楼轮万国通。

危塔连云攀碧宇②，平台临水读江浑③。

无边夕照增情趣，初上华灯味更浓。

注：①嘉兴、宁波原隔海相望，现一桥以贯之。

　　②桥半设观光平台，上有高18层的观光塔。

　　③观光平台面积达1万多平方米，设施齐全。

登观光塔

观光塔上向天昂，任目驰骋尽渺茫。

东去波涛连钓岛，西来祥瑞出苏杭。

游苏州盘门景区

伍相祠

长鞭指处动干戈，掘墓笞尸訾议多。

细数平王无道处，子胥虽暴不为过[1]。

登盘门城楼

水陆盘门未有同，机关玄妙一重重。

平川巧夺嶙峋险，势镇三吴万古雄。

注：①楚平王杀伍氏百余口，唯剩伍子胥（伍员）。

参观李汝珍纪念馆[1]

焚膏继晷乐清幽，宦海柔乡俱可丢。

踏岭乘槎亲野老，褚耘炳蔚炽千秋。

注：①李汝珍是古典长篇小说《镜花缘》的作者。

游甪直万盛米行

一

多收几斗称心房，鼓了又空钱袋囊。
原草从无怕野火，春来依旧向风昂。

二

小埠东西接远清，双栊南北喜量新。
多收几斗天公善，未解农夫一片心①。

注：①渴望当家做主，耕者有其田。

游浙江嘉善西塘古镇

一

烟雨长廊水上街，乌篷摇去靠游阶。
临窗摆下农家菜，满眼风光小晏开。

二

小筑玲珑巨匠心，市无街路水连厅。
品茗小饮都临水，女戏悠扬更动听。

登蓬莱阁歌

旧时贵足遍蓬莱，多为寻仙访道来。

一统秦皇觅永寿，三山信有度仙材。

嬴秦天下同天地，除非混沌再重来。

东帆一去无回影，仙自仙来哀自哀。

疑政机缘如水浅，贪年汉武欲仙排。

云车不套五花马，行道无痕任自来。

小筑闲居连阆苑，公余遣倦踱瑶台。

心猿意马生虚境，水月镜花空慰怀。

浪卷梨花灿若鲜，登楼人在白云边。

凭栏欲得平生鲜，直面苍穹览大千。

玛瑙华堂萦紫气，珊瑚殿阙绕云烟。

茫茫淼淼渡八仙，只见沧海不见天。

巧制水城①锁两海，雄师剑指大洋边。

北门火炮踞高台，坐待豺狼寻死来。

万朵红花天国雨，纷纷魔鬼葬青苔。

驱倭缉盗王师帅②，德范行风永不衰。

海市蜃楼今未见，刘公岛外浪徘徊。

水帅不道无王气，君昏臣佞乏良材。

复兴大业今臻善，直主乾坤任自栽。

千里关山不枉度，淋漓酣畅称胸怀。

注：①北洋水师水城。

②戚继光纪念馆及塑像。

踏海上浮桥

老夫也学少年狂，乱步沙头下海棠①。

为得清蓝真趣味，拿平捏稳踏津梁②。

注：①海棠路端即海上乐园。

②海上浮桥向纵深处延伸。

逛海鲜小吃一条街

到得沙湾眼界开，山藏水隐费评猜。

闻腥亦效屠门嚼①，大快朵颐海味街。

注：①旧有"过屠门而大嚼，虽不得肉，贵且快意"。

登黄咀山望海

堤头黄咀郁葱茏①，直上仙阶数百重。

万顷波田飘玉带②，千堆卷雪出朦胧。

注：①山在连云港西大堤西端，傍海。

②人工海带培育场。

黄咀山头东望

遥怀连岛眺渔村，极目迷茫辨不真。

白绒一丝标旱界，西堤剑指海东伸。

登凤凰岭

云卷云舒望岭尖，沿阶挥汗上青天。

途削陡峭盘旋进，崖凿平台览大千①。

万顷波涛浮紫气，千层峦岫薄笼烟。

山人劝吾勤登览，且作人间自在仙。

注：①在山道险崖处凿设观光平台。

重上望海楼①

卅载重登望海楼，沧溟不见使人愁。

青峰远绿宜人眼，薄雾轻烟绕剑楼。

注：①楼在北固山麓，为民国早年优秀建筑。

咏泗阳包河观鱼景区

十里包河若画廊，半床点缀称渔郎[1]。

严冬未改千樟绿，夹岸迎春怒吐黄。

注：①河床一半硬化，点缀以小品，可零距离观赏垂钓，亦别具匠心。

游天池

涟漪万顷半天悬[1]，雪岭高擎托若盘。

王母重邀姬满[2]往，仙邮误把柬书传。

注：①天池传说中的瑶池。

②姬满即周穆王、西周第五代君主。

咏双桥

连础双桥[1]各跨溪[2]，倚栏小憩辨途迷。

雕花驳岸通幽处，忽见水墙出酒旗。

注：①双桥即"钥匙桥"，周庄著名景点。

②溪：即银子浜和南北市河，于它们交汇处联袂筑桥，既独立
又联合。

咏乐山大佛

大佛原来一座山，三江汇处镇惊澜[1]。

千年端坐平如水，万物更新淡若闲。

沃野延绵丰菽稻，村居累世乐平安。

出神入化风传遍，总把民心仔细参[2]。

注：[1]三江：岷江、青衣江、大渡河。

[2]关于大佛有丰富多彩的传说，寄托了人们的美好愿望。

登嘉峪关

长城若铸枕苍茫，绝世雄关矗大荒。

喜过祁连观雪岭，却登嘉峪眺敦煌。

春风度去民安乐[1]，紫气输来灶溢香[2]。

道必轮台知陆老[3]，边陲和稳似吴乡。

注：[1]旧"春风不度玉门关"，现反之。

[2]借指西气东输。

[3]陆游有"僵卧孤村不自哀，尚思为国戍轮台"句。家孙在此

区域服现役。

游甘露寺

王家斗法得与亏，履险临夷待演推。

算尽机关瑜欠亮，皇叔抱得美人归。

游三苏祠①

红墙枉界郁葱葱，数曲津梁藕舍通。

竹翠阴浓照碧水，径幽苔湿绕青松。

文章俊逸垂千古，品德风流启后昆。

悦目赏心疑阆苑，优游无不净灵魂。

注：①祠在眉山县城西南隅，原为苏氏故居。

游寒山寺景区咏张继

月落乌啼一品诗，骚人刻意寄愁思。

传情妙韵中天下，重写人生颠倒题。

咏保驾山

征战东临保驾山，人宽铠甲马松鞍。

文皇小驻生辉永，留给一方作美谈。

沐东海温泉

尘凡优浴僭相当，意满心虔谢上苍。

老虎苍蝇脏入骨，莫与污秽染香汤。

游狮子林

危峰险洞一层层，尽是玲珑石垒成。

圣帝都说真有趣^①，无须饶舌问村人。

注：①园有乾隆所题"真趣"字及相关轶事。

宿城赏枫

一

仙姬朱笔染枫绯，独领风骚阆苑隈。

但得宿城常十月，焚膏继暑不须归。

二

枫树湾深路欲穷，长坡染就火千丛。

轻风解扣游衣减，信是逾高叶更红。

三

大半原生小半栽，浓妆淡抹各由胎。

几多霜叶红于火，更有鲜如胭脂腮。

四

几上宿城为赏枫，攀经生态最高村[1]。

寻幽不为迷途困，咬紧欢歌笑语声。

注：[1]大竹园村海拔400多米，是江苏最高生态村。

游海上云台山

赏是丹青议是诗，云台胜境着人迷。

群峰浮水山称怪，乱石穿空道亦奇。

幻化怡心云聚散，婆娑快客树高低。

一凭挥汗桅尖顶，世外桃源晾湿衣①。

注：①云台山山脚下即是素有"世外桃源"之称的宿城镇。

谒云台山法起寺

山阶又上数层峦，殿阁参差峰外悬。

跨海津梁收眼底①，清流脚下武陵源。

注：①海滨大道连云港跨海大桥。

玻璃栈道

脚踏云头不是仙，怯从野鹤睨峰巅。

山村几处炊烟起，方悟人间又一天。

再访秋园

秋园不复旧时光，百亩亭台化果乡。

池岸依稀多灌溉，孤门斑驳自神伤[1]。

思碑不见寻何去，桥拱残存不渡江[2]。

断续游人争断续，民言无忌野生香。

注：①园林唯有园门尚存。

②去思碑毁于"文革"，石拱桥残存，不能走人。

喊山

凤凰岭上凤凰头，俯看峰峦百丈楼。

长啸一声空谷应，顿无烦恼也无愁。

宿城印象

山环豁口面苍茫，冬暖春和夏也凉[1]。

四季花连青不老，瓜棚树下话唐王[2]。

注：①宿城四面环山，一路可出入，人称"世外桃源"。

②此地有很多关于李世民的传说。

望海市蜃楼

天公独惠海州湾，满目风光百里滩。
最使游人开眼界，波头骤现万重山。

游连云老街

古镇依山傍海出，老街厚重耐人读。
千家店跨淑连岭，百步天街乐到哭。
日寇灾窝"司令部"，荷兰巧筑石头屋。
众多小建风格异，一步心牵一驻足。

古镇连云港

山笼紫气海笼烟，古镇连云数百年。
阛阓沿坡梯次建，旧屋因势后无檐①。
立交桥便三方达，隧道洞连两界天。
水上云台生态美，人文积淀更尤先②。

注：①老屋后墙即为山体。

②有众多古迹遗存及石刻。

过石壕村

轻车欲过石壕村，风雨千年胜迹真。
仍借生花工部笔，乾坤颠倒写新生。

咏古镇龙苴东双河景区（顶针）

一

双河壮美叹雄奇①，二水滔滔抱一堤。
绿树红花青草岸，数竿垂钓饱神怡。

二

数竿垂钓饱神怡，应为眼前景物迷。
情侣绿鸭鱼贯过，轻舟逐浪泛涟漪。

三

轻舟逐浪泛涟漪，忽见前方云脚低。
鹅片连云生妙境，牧禽人在石桥西。

四

牧禽人在石桥西，桥贯东西夹段泥②。
指日游廊遮雨雪，三桥六座似猜谜③。

五

三桥六座似猜谜，足见大千景物奇。
一点两边三日月④，风光骀荡野多姿。

六

风光骀荡野多姿，油菜花黄缀满枝。
蝶舞蜂忙人好客，村姑脆嗓入云霓。

七

村姑脆嗓入云霓，楚汉相争有迹遗。
广厦今余高垒庄，金鸡报晓日初啼。

八

金鸡报晓日初啼，男女嫌它醒觉迟。
特色乡村多励治，莫因慵懒误农时。

九

莫因慵懒误农时，灌溉陇头放碧溪。
生态兴农综合治，宜工宜付辟新蹊。

十

宜工宜付辟新蹊，绿树丛中映彩旗。
工养三农培根本，厂房拔地碧参差。

十一

厂房拔地碧参差，环保防污一体知。

永葆双河生命线，梧桐引得凤凰栖。

十二

梧桐引得凤凰栖，大美田园胜画诗。

生态旅游添后劲，双河壮美叹雄奇。

注：①东双河：龙苴镇东的护岭河、客水河，相距咫尺，环境优
　　　美，景物宜人。

②两河上的桥由中间堤连接，故云。

③有三条公路横贯东西，虽整体是三座桥，细看却是六座。

④三日月，站在堤上高点眺望，两河中各映有一日，连同天上
　　一日，共三个，一日二影。

咏汉城遗址景区与东双河景区毗邻

广厦辉煌一战休，汉城风雨数千秋。

磅礴大气双河景，璧合珠联一境优。

浙南山区

南浙群山尾压头，惹人欢喜惹人愁。

不知衣食何从出，只凿牌坪筑小楼。

游黔东南镇远镇

临水依山古镇开，如潮游客八方来。

歪门斜道今臻善[1]，不贾不耕广进财[2]。

注：①古宅在拐角处开门，留斜道互通。

②旅游是支柱产业。

夜游镇远潕阳河

楼阁参差着彩妆，一河两岸竞辉煌。

轻歌无意争云鼓，天上人间夜潕阳。

游镇远怀古

冲冠一怒为红颜，反复无常有恶斑①。

十万精兵屯镇远，康熙无畏撤三藩。

注：①指吴三桂。

车进邵怀高速

万山密布一层层，道路前观一扇门。

车到山中自有路，真知灼论在途人。

咏厦榕高速贵州段

厦榕千里类华堂，云搭顶棚山作墙。

道路不同他处筑，全程隧道接桥梁。

西江苗寨苗女风采

雨丝苗寨洗苗楼，苏客初来尽兴游。

银挂叮叮着彩绣，独怜风韵上心头。

咏苗寨山中老屋

苗家古宅老山中，巧筑小楼上下空①。

难怪人传神秘达，白云生处露珠宫。

注：①空底楼，抗潮湿，拒蛇虫，堆杂物，养牲畜。空上楼通风
气，贮食材，中层住人。

参观肇兴堂安侗寨梯田

一

侗寨梯田数百层，游心澎湃似云腾。

清香稻米安天事，赚足添花上锦人。

二

遥望梯田漾绿烟，层层叠叠上青天。

不知灌溉何来水？未借人功自在仙。

侗寨歌舞晚会

一

侗家歌舞动人心，游客如痴入夜听。

别样《梁祝》抨陋俗[1]，滇黔也习《女儿经》。

二

六月侗乡入夜凉，露天歌舞动心房。

迷眼花衣纤手绣，满头银饰俏姑娘。

注：①别样《梁祝》指侗家青年男女的爱情故事，陋俗指表兄妹结亲。

游侗寨春晚分会场址

梦幻黔东侗寨豪，曾因春晚立功劳[1]。

自从一夜春风过，四季游人涌似潮。

注：①2018年春晚分会场之一设在肇兴侗寨。

游贵阳青岩古镇

青岩有味旧时城，厚重巍峨矗四门。

方石板材铺道路，明清古建更迷人。

游青岩周总理父曾居地

倭寇侵华罪恶深，仁人避难尽南奔[①]。

当年周老曾居处，醒世家仇一段真。

注：①指一大批爱国人士向南转移避难。

游银链坠潭瀑布

欲上蓝天乘水梯，飞来细雨湿游衣。

天公造化无穷力，更有奇观怨眼低。

游黄果树大瀑布

绕过青峰数百重，银河立起气恢宏。

远飞细雨三千米，水落雷生十里闻。

游贵州织金洞

孤观匿贵西，七月要加衣。

游过织金洞，更无天下奇。

咏梵净山蘑菇石

蘑菇生自茁，耐看不宜吃。

送往复迎来，惹人千古说。

游梵净山

梵净山生万丈高，遥观金顶入云霄。

几多"之"字盘旋上，无数人流合一条。

索道云车乘客览，天梯千步自逍遥。

蘑菇石畔留张影，有待他时炫别骄。

自驾游黔归来

入贵万山头，奇观异景稠。

山东司驾棒[①]，陆总待人柔[②]。

美食销馋嘴，民妆入寨楼。

人生多旅览，不啻坐封侯。

注：①山东司机姓韩，有丰富的山地驾驶经验。

②陆总，女老总，富而不骄。

秋登伊山

襟城带水古伊幽，好约佳人尽兴游。
竹瘦松遒僧钟远，风轻日丽赏金秋。

登汉城咏韩信

残垣断壁旧辉煌，剑影刀光似梦荒。
新坝前头称霸气①，未央宫里认灾殃。
驰骋叱咤三千里，充栋汗牛纸一张。
可幸封侯荣故里，今人每道语铿锵。

注：①新坝为韩信大胜龙苴处。

游苏州报恩寺

报恩寺塔苍穹立，掌故化人启后昆。
善恶三朝明似镜①，机关算尽转头空。

注：①三朝：岁之朝，月之朝，日之朝。

赤壁怀古

两弱虚联欲对强，卧龙妙计助周郎。

隆中鼎立三分论，竟在冲天火一场。

游湖口^①

湖口深藏怪石钟^②，前人臆判乱纷纷。

坡仙夤夜临凶险，探得成因一段真。

注：①鄱阳湖入长江处。

　　②即石钟山。

途次九江记咏

游人欲上锁江楼，犹见当年司马愁。

一曲琵琶行天下，诗王艺苑占鳌头。

漫步乌江畔

乌江北去气轩昂，往事催人速解囊^①。

战略转移奔大业，耳边犹觉凯歌扬。

注：①指突破乌江天险。

江城子·盐河路滨河广场

街西驳岸水淙淙，绿荫浓，数丛红，

芳草萋萋，弱柳细绒绒。

百鸟评标非易事，多野外，少笼中。

滨河十里四时春，任晨昏，闹哄哄，

不变聊题，尽是旧时功。

如削腰肢欣作舞，风卷起，石榴裙。

洞庭春色·月牙岛湿地景区

旖旎风光，二水怀揣，醉里月仙①。

眺无边湿地，飘香漾碧，流光溢彩，接海连天。

淡紫幽蓝，花团锦簇，十里薰衣瑞草芊。

蒹葭动，感春生夏茂，为客蹁跹。

人间阆苑难寻，向何处，连云大港边。

望长空飞雁，与云共舞，水中鱼跃，戏过亭边。

绿女红男，优游自取，情侣凭栏细语甜。

流连处，品他乡美食，比海中鲜。

注：①二水：蔷薇河、临洪河，两河中央大片湿地，状如月。

点绛唇·游月牙岛

驼荡风光，优游寻趣知多少！

趁春未老，春去可方找。

短阁长亭，花放薰衣草，

偕姣好，流连月岛，不肯归时早。

访龙苴李益山①故居

数秩挥鞭战马骧，晚年心血付烟郎。

两回故里乡愁重，只锁蔷薇一院香。

注：①李益山曾任中国烟草进出口总公司总经理。

游西双湖

精装细扮足千重，靓丽双湖遐迩闻。

堤抑笼烟丝锦绣，水晶塔透玉玲珑。

金环插水深且浅，翠钿抛田片或丛。

湿地天堂凭鸟戏，迷人夕照映花红。

畅游桃花涧

一入清幽古涧深，山门流水迓游人。

天书刻意写先祖，岩画传情敬上神。

玉兔思亲长望月，猿人呼伴吼深沉。

红纱晃眼仙姬舞，满袖馨香醉友朋。

咏孔望山

圣人若上孔山巅，不见当年海浪掀。

百里参差楼灿烂，万行深浅木笼烟。

摩崖石刻赚人眼[①]，龙洞僧修得道仙[②]。

福地千年尤锦绣，四时涌动畅游天。

注：①石刻为全国重点文物保护单位。

②龙洞典故见《述初赋》《水经注》。

游孔雀沟

满目迷人景物殊，无须刻意问游途。

葱茏毗片金镶玉[①]，潋滟宽长孔雀湖[②]。

点将台高观瀑布[③]，石船击浪湿蟾蜍[④]。

天雕神韵山崖体，形象名沟一卷书[⑤]。

注：①②③④为景点。

⑤为孔雀沟由来。

二、抒情世事

垂钓归来

朋来不速不须愁，活鲫兜中三两条。
园种椒青毛豆胖，养生有道酒有肴。

读《聊斋》有感

有情有义鬼和狐，理念远非势利徒。
多少人渣乔作态，千遮百掩万难如。

无题

多舛人生数十年，回眸如梦也如烟。
寻常岁月非常过，无悔无为乏后天。

秋读

朝东曦瑞暮西霞，日有清阴月有华。
一院琅琅连野籁，拨子墙外奏青纱①。

注：①风吹青纱帐。

晨练

薄雾如烟暗曙光，坚持晨练步铿锵。

归来相视难忍俊，白发原来是露霜。

雨韵

天公连日雨丝抛，才有瓦当水似刀。

一派天音窗内出，书声还比水声高。

校园一束·楼头远望

怡红快绿大家栽，四季与时花自开。

远在楼头望学子，是花是面费评猜。

说写诗

羞向人前话写诗，书山文海少真知。

纵观满纸无佳句，只慰情牵一缕痴。

咏伊山抱树石

身生巨石扎根山，抗暴昂扬搏正酣。
处困依然撑碧伞，好将珍爱洒人间。

分田到户喜晒麦

勤翻喜趁日光强，也借东风反复扬。
扽灌堆前成色好，欲将金玉缴公粮。

古泊河晨韵

远岫扶规别样红，迎春花放一丛丛。
古泊河上烟纱缈，玉麦畦畦碧到云。

学生田径运动会

载誉悉尼奏凯来，深深激励栋梁材。
绿茵竞技同沙场，奥运他年夺奖牌。

观学生田径运动投掷

轻移骤速紧中松，掷去如飞弹脱弓。

成绩得来非易事，课余苦练有时功。

咏广东杂技团巴黎夺金项目"芭蕾对手顶"

旧闻飞燕掌中轻，绝艺初观耳目新。

弄技四肢人曼舞，有惊无险也揪心。

赛跑

发令枪声脆又甜，争先学子箭离弦。

征途何惧有艰险，眼底无他只向前。

过梁子①

腰强脚健也蹒跚，风雪迷人举步艰。

梁子二边深不测，初行犹渡鬼门关。

注：①用石头在水中垫出的路，可踩露出水面的石头尖行走，东北

人称其为梁子。

咏白菊

雪骨冰肌碧玉丛，不将香艳付三春。

留与苦冷争生死，怒向枝头一片红①。

注：①严寒中，白菊花变成紫红色枯死枝头。

南国归来，值沂河泄洪咏

旅途客梦尚余香，忽道前端隔楚江。

碛海茫茫波浪涌，轻烟缈缈接天荒。

山低淡淡浮仙髻，樯阵根根敬佛香。

曾是孽龙今驯服，泄洪灌溉贮禽粮。

趣话插稻

一

泡在水中受渴煎，低头曲背面朝天。

点来数去无须记，退步原来是向前。

二

踏上长空似舞鸢，秧书"1·1"写天盘。

流云拨去还须至，踩碎骄阳复又圆。

怨亦无补（悼亡四首）

夜雨

夜雨敲人不入眠，点滴无不动心田。

两为寻医搜尽箧，未能执子共流连。

致慰

相牵路上一竿横，恩侣欻成两界人。

方外祥和亲也在，更无虞诈别红尘。

为伊奉药

求医问药两心同，方剂煎成屡试唇。

天公若借刘郎便，香点灵山一片红。

煎药

渐趋颓弱怕来天，铫子中煎心也煎。

虽信耶稣无厚薄，总疑普度有时偏。

过开发区寄徐林

几多垄亩化亭台，莫叫朱砂一并来。

欲为子孙长着想，遴商选项慎安排。

田间即景

芬芳淑气沁脾心，蝶舞蜂飞景物新。

小麦田邻油菜垄，一方碧玉一方金。

咏伊山抱树石

瑞木翁荫出石仁[①]，无人不道价连城。

自生怪诞传遐迩，独占离奇聚旅朋。

旱魃偷侵休忘灌，虫螽暗噬必医惩。

自然恩赐须珍爱，莫使后人抱憾深。

注：①于巨石中间生出一树，长势天健，故名"抱树石"。

咏盐河向阳大桥

一

虹桥雄跨向阳天，无数车流过月边。

活水盐河舟楫远，晴岚碧岫柳含烟。

二

向阳桥起振兴年，便捷城乡迥胜前。

促进流通增发展，小康又注几分甜。

新年漫话

乡亲一乐话家常，唠嗑难离奔小康。

两套三增多管下①，新辉煌接旧辉煌。

注：①当年农业新政为"经套棉""经套经""农业增效""农民
增收""财政增长"。

看榆树落钱戏咏

榆树青荣孕福胎，风吹钱雨落长街。

吾侪何患囊羞涩，移去家中院里栽。

远眺伊山若睡美人

两市望伊山，仙姝睡正酣①。

醒来惊阆苑，永驻在人间。

注：①山城东北隅有大柴市、小柴市，于这两市望去，伊山像睡美人。

元旦学生晚会记咏

一

数曲新歌起浪涛，几多低婉几多高。
相声每到丢包处，忍俊不禁笑泪抛。

二

雏凤虽无老凤声，小台喜见后来人。
深山自古生灵草，莫使遮云锁雾封。

咏港城桃花节

东君何祖厚桃花，早染崖川胜彩霞。
百姓游春今异昔，青山不是帝王家。

咏教师县级管理[①]

筹发工资有径途，关心教育足欢呼。
月薪到点应须取，不向他人问有无。

注：①乡镇管理教师时，工资管理不规范。2002年5月17日教师收
　　为县级管理。

冈岭植成片林

天转阳和万物苏，干群植树趁春初。
杨林毗片三千亩，汗水浇荣百万株。
冈岭易妆披绿帔，鸠莺歌罢绣新庐。
黄开造就他年惠，淮海人家福泽殊。

丰收在即

布谷声声麦子黄，又腾仓廪又腾场。
今年更喜颁新税，农友开镰昼夜忙。

晨练即景

一

东方鱼白鸟争啼，柳叶杨枝掩碧溪。
纵有千村遮望眼，伊山如髻出晨曦。

二

抛珠洒玉叶梢头，稻满长畦菽满畴。
细向棉花惊老眼，果桃累累压枝条。

市颁布云台山封山育林令，有感大伊山

绾结青丝十二鬟①，魂牵梦绕大伊山。

长松间见新枯死，短干多非旧斧斑。

颁令封山条例出，还闻采石炮时酣。

峰青水绿儿孙幸，泽竭求鱼慰近贪。

注：①大伊山原有十二座峰。

贺申奥成功

情牵申奥重于山，十亿龙人带泪看。

数代未能圆残梦，列强无意驻征骖。

翻天覆地神州健，国富军强大政安。

一诺千金诸事善，京畿旗艳五连环。

申奥成功之际新浦火车站广场采风

氤氲欲漫站楼高，天烛两支接地烧。

申奥成功欢不寐，人头攒动涌如潮。

参观慈禧大戏台

曾是惊天大戏台，花花银两筑将来。
锣声未歇枪声起，夷寇纷纷猎横财。

久雨

天公昼夜落长丝，掩树封村眼欲迷。
河纳百涓欸见阔，田屯积涝不分畦。
开齐机泵安禾稻，集合兵民固坝堤。
灾后抢时争管理，补缺施治莫迟疑。

平流雾即景

似水如云万物空，如真若幻露珠宫。
无根无土皆仙树，人在蓬莱妙境中。

庆祝建党八十周年

一

八秩韶光旭日东，新松夭健势凌云。
挥戈叱咤三山覆，振臂摧枯四海同。
大地神州绝冻馁，长天华夏舞蛟龙。
双赢互惠联欧美，科技兴邦着世雄。

二

春秋八秩业辉煌，扫尽阴霾现丽阳。
抗日驱除入室寇，援朝击溃野心狼。
国开两制回游子，策重三农塑富强。
民族复兴伟业健，鲲鹏展翅正翱翔。

三

开天辟地第一回，建党神州振聩雷。
国铲痼疾除弊政，年开新纪立经纬。
航天航海高科技，香港澳门次第回。
沥血呕心劳三代，五年一个里程碑。

咏矿难中的党员英雄

生死存亡一蹴间，党员身教重于山。
甘临危殆援同志，不愿苟安独自还。
砥柱中流冲壁垒，集思广益破难关。
长歌可写豪笺满，羞匮雄文涌笔尖。

县招商引资礼赞

灌水云山振臂呼，精心环境下功夫。
设施强化超前建，软件从优铁算梳。
引外资流生财地，招商客至有钱图。
内因激活潜能释，悄使尘砂巧变珠。

纪念《讲话》发表六十周年

辉煌讲话出烽烟，指路引航六十年。
批刺靡风羞利剑，点笞奸伪胜长鞭。
文坛两为千篇暖，艺域双百万页鲜。
謦欬温馨须记取，征途舆论导为先。

观冈岭杨林

长林毗片岭连坡，洒洒洋洋百万棵。

迎客矜娇舒玉臂，临风秀曼舞婆娑。

粉身碎骨生来志，纳故吐新死靡他。

水土保持生态好，宜人济世利真多。

见义勇为礼赞

——2002.08.05小伊乡枯沟河抢险[①]

"八·五"横灾万众惊，英雄奋救动人心。

义无反顾除魔障，力战死神夺友亲。

道德金辉齐赞颂，行为珠耀共传评。

一腔不二正能量，见义勇为师后民。

注：①当时，村民姚家同、祝井标、王余堂等抢救坠河客车中旅
　　客，19人中17人获救。

庆祝香港回归五周年

往事如烟过眼前，五翻新历记华年。

旗飘港九金星灿，徽炽全区紫荆妍。

共渡难关慈母爱①，同平灾患弟兄贤②。

他年宝岛归一统，狮跃龙腾舞舜天。

注：①祖国为其度过金融风暴做后盾。

②内地南方洪灾，香港鼎力相助。

歌颂十六大

金秋盛会聚精英，伟大民族论复兴。

业绩辉煌经验宝，蓝图绘制贴民心。

光辉理论澄新宇，雄略宏韬举世惊。

问鼎环球时日近，挥师十亿起天兵。

纪念灌云建县九十周年

华年九秩话桑田，有口皆碑改革年。

企业蜂集歌外引，商家蝶汇唱横联。

云山有木皆仙树，灌水无滴不美甜。

放眼平川优菽稻，驰名冈岭渡洋棉。

咏菊

红紫争春泛艳澜，有谁肯赏近幽坛。

无边秋色菊为主，香到无青裂石寒。

咏马兰头

菜里马兰品味尖，从来野住路溪边。

空前绝后臻荣耀，世博佳肴一味鲜①。

注：①上海世博会园宴中有此一味。

咏县城整治

县城整治奏新弦，满眼风光喜胜前。

北户清雅通鲁豫，南门靓阔接宁连①。

临街似画楼房美，傍路如诗草木妍。

盐水伊山春不老，流光溢彩壮豪笺。

注：①宁连高速公路。

咏雪

一

玉朵琼蕾别样鲜，淡描锦绣到天边。
先人有训丰年兆，励我豪情写冻笺。

二

素裹银装一色裁，长空万里洗尘埃。
几枝梅笑香浮动，顿觉春风扑面来。

咏灌云奋起直追

竞争时代似奔骢，进退浮沉一瞬功。
越位争先攀桂府，与时俱进步蟾宫。
引资有助宽企付，招商百惠利农工。
秣马厉兵鸣号角，擎旗奋起过江东。

咏冈岭生态林

不见当年六月"霜"①，长林极目绿汪汪。

迎风竞技婆娑舞，送雨争舒锦绣妆。

生态优良天似洗，保持水土地含墒。

枝繁叶茂千窠鸟，牧草青肥波尔羊。

注：①六月雨后，冈岭地砂礓烂石，一片霜白。

纪念邓小平100周年诞辰

伟人从未驻征骖，笑貌音容战正酣。

三落皆因魔乱舞，三出不外世时艰。

兰图设计龙乡颂，两制构思国际欢。

四卷雄文施政宝，金书一册壮河山。

咏创建平安县

风行雷厉创平安，平地狂飙卷巨澜。

百万人民皆欢笑，一撮奸宄俱心寒。

大刀阔斧除邪恶，反腐扬廉办巨贪。

法纪严明兴百业，潮平风正好扬帆。

纪念毛泽东110周年诞辰

呵吁謦欬关风雨，举手投足及地天。
陕北如磐根据地，山城鼎沸雪飘篇。
歼倭扫蒋雄兵胆，百废俱兴着力肩。
饮誉东方狮觉醒，自留浩气满人间。

提升灌云形象

提升形象称民心，切忌虚华假乱真。
推介辉煌挤水分，剪除积弊欲创根。
云山灌水披新彩，历史人文积淀深。
政畅人和同创建，张灯结彩笑迎宾。

寄在大阪的研修工女儿

秋风萧瑟动蒹葭，东渡研修远别家。
渴饮饥餐防冻累，遥将数字寄天涯。

咏校园栀子花

争妍斗艳好风光，花上枝头棵上霜。
但见楼前蝶乱舞，笑它痴逐满园香。

谒龙苴烈士园陵

解放龙苴六十年，青松翠柏伴忠眠。
说与麦稻千斤亩，指看长林百里烟。
处处楼房绝草舍，条条硬路畅通天。
党廉政善民安乐，未使英雄血白鲜。

咏澳门回归

飘蓬四纪结游丝，了却晨昏慈母思。
列寇百年魔舞爪，国疆万里尽疮痍。
三山倒靠操舵手，两制成凭设计师。
伟业中兴迎游子，更须两岸数归期。

惊悉方俊^①撒手西去

胸藏丘壑孕宏韬，致富扶贫屡出招。

正是乡人思若渴，心惊噩耗绞如刀。

注：①该同志为地方才俊，村民共仰，但英年早逝。

游南京长江大桥巧遇许司令

远眺虹桥倚翠屏，楚江隔岸矗天亭^①。

栏边游客逍遥步，云上飞车自在行。

航道闻笛船竞发，沙洲观鬻鸟争鸣。

风云司令陪宾览^②，仍似胸藏百万兵。

注：①指桥头堡。

②有阿尔巴尼亚军事代表团访华。

随侄参观煤矿井下作业

无关时日论晴阴，巷采车拉抢运金。

不识亲朋真面目，怜他四季送光明。

与孩童海浴

眼前一碧到天涯，戏浴儿童笑似花。
却告扶桑街市美，水中不信有人家。

咏镇上新居

小楼商住面街家，后院宽长好种花。
锁定甘泉淘口井，春来汲水润芹瓜。

戏咏秦俑馆首任管理员杨志发

秦俑赳赳阵岿然，任凭头上竞耕田。
无心偏凿天锡井，喜掸尘泥食俸钱。

两岸春节包机直飞成功

直航两岸梦今圆，万水千山喜讯传。
甘雨飘来欢乐泪，春雷滚去笑声喧。
海峡岂阻胞兄弟，主义焉拆一脉缘。
指日三通期两制，华夏后嗣早团栾。

咏东磊玉兰花王

百花应数玉兰王，却道王中自有王。
风雨若经延福观，溪边林畔总留香。

咏市花玉兰

曾是蟾宫傍桂栽，生来香魄玉肌胎。
评标花事鳌头占，味满港城绿九垓。

记人工增雨

一

千年旱涝大文章，人种天收赖上苍。
求雨不须寻庙观，干冰一炮降琼浆。

二

万物伸苏竞自由，从来春雨贵如油。
行云肯许通身借，喜洒甘霖遍地流。

银杏被评为市树感咏

一

庭前银杏旧时栽，干挺枝荣翡翠胎。
独处深村安若素，未曾湮没好身材。

二

玉干赳赳绿叶肥，摘评市树众心归。
果宜入药驱疾恙，叶可烹茗健客杯。

途次宿迁咏霸王

一

拥兵百万帝王师，一宴鸿门到别姬。
天赐良机天自用，不唯刀剑论高低。

二

勿挑当年准帝疵，见谁不被黠人欺。
长留浩气存天地，见智见仁话别姬。

建军八十周年咏

起义南昌建武装，从无到有铸辉煌。
成功数次平围剿，游刃陕甘大后方。
数载驱倭歼岛寇，三年扫蒋过长江。
神州一统雄师健，欣负天职国威扬。

家有八哥

缁衣一席凤冠头，巧舌如簧百啭喉。
最喜人言他可解，闲来聊对胜登楼。

小滚笼打稻记

滚笼打稻胜梿枷，事半功成众口夸。
调剂安排农事紧，耘田兼顾晾金沙。

庆祝十八大

一

际会风云国是商，复兴强大立东方。
还权大众人心顺，藏富于民后劲长。
小丑跳梁何足惧，列强乱吠枉嚣张。
民尧天舜神州健，风正帆悬足远航。

二

神州大地送清风，滚滚春雷播玉音。
权力替交和谐度，科学发展得延伸。
复兴大计千般顺，四化兰图百业真。
最是当前施政善，全心强国重民生。

神九与天宫一号对接成功

载人神九接天宫，扎寨安营上太空。
灵药无方医后悔，仙娥有意立新功。
科研就势腾云上，四化乘风破浪冲。
全党全民齐给力，醒狮伟岸主乾坤。

喜雨

抛丝洒玉顺时停，一片蛙声聒耳鸣。

莫负天公心意苦，查苗补缺趁墒情。

游周庄迷楼咏柳先生①

水城古韵耐人遨，旧哲新贤涌似潮。

两向伟人发谩语，未伸宿志自然豪。

注：①柳先生，即柳亚子，任民国总统府秘书时曾评孙中山"酸儒
自判此生休"（因让大总统位）。柳曾赠诗与毛泽东"安得
南征驰捷报，分湖便是子陵滩"。

戏咏老魏修车行

绿色空调夏亦秋，龙车凤辇送来修。

高朋满座无题会①，侃到街空小巷幽。

注：①相识的退休者和赶集者聚此侃大山。

吴江记梦

一

一别茫茫岁月稠，不期虚会在苏州。

旧时桃面沾春雨，未改当年似水柔。

二

谁知短聚是他乡，一觉醒来俱已荒。

细语拟于堆外告，不将别泪洒吴江。

三里桥上放风筝

如虹似练半空悬，满眼风光若锦团。

举目三桥连外肆，低头一美水中园。

林荫国道千车发，激滟隋河万里船。

欲尽吴江景色美，还须仰面问纸鸢。

谒唐寅墓

寻觅横塘谒墓陵，风流倜傥自多情。

罹灾^①不坠青云志，赢得千秋身后名。

注：①罹灾指唐寅因受徐经科场舞弊案牵连而入狱事。

建党九十周年

一、党的诞生地南湖

（一）

冬宫革命炮声隆，一册《宣言》济世文。

横扫神州千嶂暗，南湖升起太阳红。

（二）

冬宫传炮展神威，马列新风遍地吹。

五四潮流冲华夏，南湖日出放光辉。

二、广州武装暴动

武装暴动震长街，革命豪情挂满腮。

长夜探求真理路，征途坎坷不时灾。

三、红都瑞金

振聋发聩建红都，律法严明御笔书。
通向共和康庄道，百万工农血肉铺。

四、遵义会议

征途拐点聚华堂，舌剑唇枪终有章。
拥立毛公心所向，运筹帷幄启新航。

五、巴西会议

巴西草地一荒村，烈火金刚主义真。
分裂绝无好下场，长征永远是明灯。

六、延安

宝塔山雄宝塔巍，全民抗战立丰碑。
红旗猎猎军民壮，指点江山巨臂挥。

七、建立中华人民共和国

挥手城楼喜讯传，推翻三座大山峦。
醒狮抖擞开新纪，六亿人民掌政权。

八、十一届三中全会

（一）

三中全会顺民心，理念方针喜若金。
拨乱纠偏标特色，挥师十亿胜天兵。

（二）

三中盛会解迷茫，三起伟人正指航。
开放双联向内外，提升四化破天荒。

九、发展是硬道理

世纪伟人设计师，牢抓经济立根基。
韬光养晦谋发展，独步蟾宫折桂枝。

因滥采，小伊山变成了人工湖

沧海桑田不记年，人为天设合传言。
从来峻峭家山秀，翻作鸳池带晚眠。

杨絮如雪

纷纷杨絮落梨花，一自轻狂过万家。
纵使千般防堵细，仍为污染遍天涯。

杨絮致人过敏

杨絮恼人遍万村，看医过敏病员增。

颈颊色块红如染，咳嗽连连不绝声。

听鸟

不用笼中养，开窗即可闻。

难寻藏羽处，唯见绿葱茏。

谢友人宜兴送别

一

雨晨惜别隔车窗，两手频摇四眼汪。

可恼"金龙"①不解意，风驰电掣奔长江。

二

一声悄问别时新，首肯颐承许若金。

神有方才天地阔，过程不屑俗中亲。

注：①"金龙"大客车。

复短信与友人

自别宜兴各一方，频传短信电波忙。
友情尽在无形里，不用挥毫写纸张。

致友人

一

欲聆謦欬隔关山，盼有鱼书报近安。
数九天时深不测，聊翻书报共三餐。

二

如东大美海天边，晓梦优游似旧鲜。
千里关山知远隔，灵犀总让友丝牵。

三

杨花飞尽柳丝长，又是一年麦子黄。
每忆陶都①同作客，亲和琐事最难忘。

注：①陶都：宜兴。

街头玉兰

玉兰三月小荷尖，俏立枝头独向天。
总谢东君施序善，长街才有应时鲜。

赏梅寄友

朔风吹雪小旋回，俏吐清香馥复微。
遥望南天呵冻笔，欣描人树两红梅①。

注：①友人名红梅。

严冬

序时数九过严冬，路上行人步履匆。
宅在小楼忙不歇，烹茗把卷一般春。

打扑克

砭人肌骨朔风来，室内文娱属打牌。
不为输赢真较劲，个中也显點人才。

参观镇自来水厂试运营

一、冈岭人盼改水

龙南冈岭岭连坡，调顺年稀苦旱多。

用水常如油样贵，务农关键屡蹉跎。

井生氟性三餐水，田待雨丝润五禾。

总盼日常同城便，何时唱水自来歌。

二、喜通自来水

泊涟东去奔扶桑[1]，一片新楼矗水阳。

数组台机轮泵送，几经调治供琼浆。

水流直上高楼顶，管道网通万户房。

洗涮餐茗生意满，如歌岁月启新航。

注：[1]泊涟：河名，饮水源。

重修石佛寺，凿石，屡现涉佛画面[1]，搜集陈列，观后感赋

初开混沌佛缘长，石破天惊现画墙。

莲座依稀端坐稳，佛光历历晕辉煌。

虔诚祈祷施恩广，俯察人间普度忙。

天意昭然人意合，金身崇殿顺吉祥。

注：[1]在炸开的石头剖面上分别现有《观音莲座图》《佛光图》
《祈祷图》《赐恩图》等。

忆岳母

一、病重为其守夜

敬老难忘一寸丹，尘凡无计避斯关。
人生一段艰难路，星冷风寒月一弯。

二、为其守候

无力回天见日差，膝前侍奉女儿家。
叮咛断续还时续，人未卒听泪染纱。

三、送灵车

灵车一动哭声高，泪洒阶前似雨抛。
跨鹤天堂回望处，白袍一遍素丝绦。

四、送葬

掩罢地官万事空，满程风雨少三春。
昂然一木支颓厦，厚德高风启后昆。

新沭阳

沭阳无水亦无山，一马平川好做单。
敢使行思出众料，不将风物赖天然。
琼楼笋长三春雨，阛阓锦拼七彩盘。
如诗如画如长卷，似真似幻似云翻。

谢友点歌

新诗吟诵动心弦，音乐悠扬韵更甜。
莫道萍交隔路远，深情厚意刻胸田。

三股台风同时袭我沿海

三股妖风一并来，汹汹气势欲成灾。
只因未雨绸缪善，依旧阳光绽粉腮。

省基层文艺巡演来龙苴中学校园举行

轻骑巡演下乡来，古镇龙苴似水开。

空巷千家门落锁，满园观众若仙排。

高歌清越行云遏，曼舞婆娑度鸟回。

心热无须问酷暑，干群同乐尽开怀。

客宜兴小记

七月江南似探汤，却存一段好时光。

红梅不作园中艳，亲近常疑体自香。

短信答客

归客飞车度润扬①，高塘西望白茫茫。

巫仙自顾行云雨，宋玉传她会楚王。

注：①指润扬大桥。

青海玉树大地震

无情地震似魔狂，玉树同胞受祸殃。

千里村居无完院，百年古镇剩残墙。

人民领袖躬筹策，子弟官兵救护忙。

尽使悲伤化力量，家园重建沐骄阳。

全国女排大奖赛在灌云新体育馆举行

一

场馆修来别样新，宜人天气聚精英。

轮番看客三千满，好把球星敬上宾。

二

大气磅礴档次高，喜迎国赛女妖娆。

文明好客欣携去，灌水云山任自豪。

慰烈工程新竣，谒而感咏①

一

陵园扩建费周详，绿水青山慰国殇。

外侮不除羞七尺，内忧务尽固三疆。

清平吏治过尧舜，和乐民风出盛唐。

旗艳花红鲜血染，雄姿英发战歌昂。

二

日月同光日月碑②，忠魂业绩放光辉。

河清海晏民安乐，政畅军雄国有威。

夙愿当酬须奋斗，征途坎坷戒骄奢。

复兴伟业百年计，响彻神州号角吹。

注：①增建烈士陵园中纪念碑基座，扩建陈列室、广场大门，把散

　　葬于乡村的350多名烈士墓搬迁入园。

　　②碑为谢觉哉所书"与日月同光"。

咏北京奥运会

一

美轮美奂市中王，稀世鸟巢作客堂。
圣火一炉冲天旺，烟花万朵竟辉煌。
五洲宾客齐欢跃，四海精英喜欲狂。
最是国人心潮涌，百年圆梦着华章。

二

奥运精神世共拥，北京盛会更神通。
弄潮巾帼拼奇技，争霸须眉较硬功。
冲刺奖牌成看点，勇超纪录跨时空。
设施完备前无例，待客真诚善做东。

汶川地震

汶川地震鬼神嚎，巴蜀疯如抖绣袍。
山体崩移途断绝，急流堰塞卷狂涛。
千村转瞬为平地，万户才眨圮爱巢。
举国皆伸援手救，同胞排难别煎熬。

"嫦娥一号"奔月有感

一轮冰毂转苍穹，多少离奇演绎中。
偷药仙奔烦后羿，神游折桂乐玄宗。
龙人圆就航天梦，宇宙拟修科技宫。
探索富民强国策，和平发展立功勋。

龙苴小城镇建设

龙苴古镇两千年，几度废兴今更妍。
改造蜗居拓陋巷，应时广厦立街前。
横流污水滋灾处，竖起琼楼纳税钱。
互贯通衢城内外，也为商贾也耕田。

新农村建设

建设农村国策条，乘风就势尽扶摇。
水泥铺就康庄路，草舍翻成自在楼。
拧揿自来甘淳水，通城班客绕村头。
温棚巧使春常驻，逆季时鲜厚报酬。

题"温馨家园"沂河淌①照片

忙里偷闲百意宽，拥亲携幼一家欢。

流香溢碧沂河淌，草长莺飞放纸鸢。

注：①沂河淌：为骆马湖泄洪走廊，是灌云县特色景区。

咏龙尾河畔广场舞

游龙直下海州湾①，岸柳临风戏水欢。

不解他人晨练乐，翩翩还舞日三竿。

注：①龙尾河流入海州湾。

"嫦娥三号"登月成功

蟾宫折桂访仙姬，捎去千年后羿思。

天上人间双玉兔，和谐一处两依依。

戏题冰窗花

枝奇叶异满窗花，迷眼初疑是别家。
揿下快门留倩影，阳光一上不由她。

忧霾思治

一

大地蒙灾怨毒霾，挥之不去势频来。
航班延误千人恼，高速关停堵万台。
市路车流传祸屡，村田遍洗蚀良材。
无孔不入伤呼吐，翘首澄清万里埃。

二

恼人天气动中枢，力度加强治染污。
高耗低能皆下马，节能环保上征途。
长天明澈常如洗，大气清纯绝粒浮。
发展抓牢持续性，急功近利指千夫。

咏深秋银杏树

挺立街前似哨兵，春华秋实籽悬铃。
严霜恰似无情手，悄染公孙一树金。

退休

治学兴邦赴国猷，言传身教别无求。
卅年一路经风雨，回首韶华似水流。

看电视剧《二叔》

毕看篇篇未可丢，情牵一段喜和忧。
祛邪扶正方男子，屡惹闲心阵阵揪。

感陈华平招饮

旧友新朋聚酒家，抚今追昔话如麻。
开心不用黄金买，休管门前日已斜。

咏农民老人免费乘车

一

免费乘车旧未闻，春雷滚动九州同。

人生怕老从前最，今到晚年更火红。

二

中枢国策重三农，敬老城乡待遇同。

免费乘车新政出，恒通领卡约家兄。

县城归来

伊山耸峙绿迷离，活水盐河泛碧漪。

回首琼楼时悦目，飞车已过大桥西。

看四侄骆马湖垂钓

嶂山闸右水连天，碧岫襟怀漾绿烟。

老鲫才吞香饵去，几番撒横任提牵。

咏于淄博定制巨幅长城壁画^①

难怪瓷都誉满堂，寻常百姓布琳琅。

几多国宝藏宫院，时有珍稀渡远洋。

工艺流程求至善，优胜劣汰写辉煌。

无朋尺幅丹青首，妙谱长城国色章。

注：①1997年5月，淄博来瓷都定制巨幅瓷砖长城壁画，画面120余

平方米。

中秋记梦

佳节融融月色迷，未分虚实一时疑。

柔情似水无规矩，细语亲和不掩私。

顽后温存源互重，别前蕴藉剪相思。

处身他界心依旧，遗憾醒来两不知。

夏晨

窗外泥香味，晓风侵单被。

长林恁自睡，偏觉鸟声脆。

家孙芳鼎光荣入伍去新疆服役

一

气爽秋高骀荡天，从戎踏上路八千。
山重水复青青草，细数家珍任在肩。

二

弱冠书生渐长成，一身迷彩更传情。
军营亦似理工大①，掌握兴邦硬水平。

三

许身报国正当时，捍卫边陲举战旗。
万宝军营同学校，今闹不让榜中题。

四

欲跨飞车自在行，无须折柳细叮咛②。
保家卫国心中记，胜似长亭共短亭③。

五

戍边西去过崦嵫，万里河山美胜诗。
疆土一抔如岳重，千锤百炼壮雄师。

六

塞外风光异，一年半是冬。

物时知戍守，早报陇头春。

七

诗翁玉韵戍轮台，赴国忘身启后来。

练就一支钢铁旅，民族圆梦筑平台。

八

烽火家书抵万金④，和平闻问更甜心。

如如座座关山外⑤，笑语欢歌细柳营⑥。

注：①家孙为应届高中生，录取于北京理工大学。

②指旧时折柳送行之俗。

③十里长亭，五里短亭。

④杜甫诗句："烽火连三月，家书抵万金。"

⑤如如：前"如"为"好像"意，后"如"为"到"意。

⑥可分享军营的欢乐。

咏辽宁舰歼-15舰载机起降成功

破除蓝霸艳阳天，航母平台利器坚。

近海随心攻防守，远洋正道维和先。

复兴伟业根基稳，卫国保家向不偏。

最是国人长志气，额手相庆舞蹁跹。

悼歼-15"飞鲨"起降辽宁舰总指挥罗阳烈士①

飞鲨起降搏长天，倾注罗阳热血鲜。

捷报方传闻噩耗，未酬海事领峰巅。

注：①当舰载机起降成功时，总指挥罗阳同志倒在了自己的岗位上。

雷电击破吾宿舍房脊作

生来喜道别人长，爱敞心扉不设防。

底事天公发了怒，竟差雷电上蜗房。

咏学校乌桕①红叶

来自江南树列优，异乡无类度春秋②。

自怜六秩风情好，淡染香腮别样羞。

注：①此树于1958年建校时栽种，至今60岁。

②该树春秋两度叶红，宜观赏。

咏友人乔迁连云港市板浦镇

古镇宜居适吾曹，从来美食自丰饶。

风吹卤熟银堆累，网撒舱盈白尺条。

漕运盐粮集贾吏①，民修井灶可通潮。

人文积淀尤臻至，二许三汪足自豪②。

注：①板浦镇自古为淮盐集散地。

②二许三汪："二许"为许乔林、许桂林，板浦人，现代数学家、文学家；"三汪"为汪德熙、汪德耀、汪德昭，板浦人，当代科学家。

圆国梦

旧时有梦尽虚成，唐帝蟾宫会女神①。

一枕黄粱欢太宰②，巴江流水洗污名③。

小康臻善兰图达，民族复兴国梦真。

华夏今非他岁月，醒狮每吼发强声。

注：①唐玄宗梦游月宫，与嫦娥欢晤。

②卢生赶考，一枕黄粱，万愿俱达。

③楚王梦与巫仙会于阳台，巴江流水为其洗污不尽。

初识民间互助理财之谜

一

乍到乳山事事乖，难分福祸费评猜。

成功人士一帮一，"裂变"讲清锁雾开①。

二

毓秀钟灵半岛湾，养生追梦聚银滩。

虚拟经济巧游戏，滚滚财源说笑间。

三

银滩海味胜山珍，遮眼还他自在身。

"裂变"撩人亲水月，何时迎得日西升。

注：①用数字中"裂变"理论以演示。

咏亚投行创始国签约成功

冲天利剑亚投行，刺破无形网一张。

欲宰百年空自诩，第三世界塑辉煌。

忆恩师

授业缤精一代师，力求学子富真知。

汗抛"三尺"常回访，膏点五更细改批。

每饭心关餐饱饿，寝时躬察枕高低。

征途不减当年爱，北望青龙泪染衣。

注：①老师黄陞庚德才兼备，有爱心，历任龙苴中学校长、灌云县
　　县教育局督学、连云港市海州区教育局副局长。

　　②"三尺"歇后用法，指讲台。

　　③老师安息于青龙山公墓。

惊悉窗友驾鹤西游

旧时学友近来稀，回首当年一段诗。

偎坐析题通课业，轻塞票券饱囊皮①。

香书枉有西窗约，筚路难无揾泪时。

几次寻医方便甚②，谢君何处觅天梯。

注：①节约些饭票菜券以助余。

　　②学友从医。

应邀出席老庄刘姓始祖立碑式

寻根问祖莅平明，谱载言传似水清。

天子后裔欢聚首，鲁南苏北一家亲。

有感于老虎、苍蝇一起打

中枢锐意振朝纲，革命初心未可忘。

祸国殃民汤里鼠，丧风败俗伪装羊。

照妖镜里原形现，巡视组前枉跳梁。

一拍二打勤整饬，民欢党健国昂扬。

咏黄老虎

力破轻寒放满堤，众芳寂寞柳依依。
虽无国色争人宠，独傲东风第一枝。

捡枫叶

红叶拈来不忍踏，怜它艳事动情闸。
传书难觅鸳鸯片，袖去家中卷里夹。

咏十九大·北京

习公时代不寻常，砥砺龙人斗志昂。
反腐倡廉除弊政，强军强国竞辉煌。
中枢睿智山呼善，百姓诚仁海颂长。
上下一心圆国梦，复兴指日在身旁。

回首一届

五载峥嵘赴万难，功成业绩壮人寰。
指挥若定新时代，只把东西付笑谈。

与友人一束

一

云霞增趣晚来红，迟点人生火一丛。
虚度古稀怜病树，春风化雨又重荣。

二

交谊莫作少年狂，山里天时屡异常。
疑是雁书传未达，久无消息付刘郎。

三

误生龃龉气难消，忽把情谊一旦抛。
海纳百川方显大，奈无消息到今朝。

四

软语频传胜艳诗，欻生风雨折新枝。
心酸不走朝阳路，只恐当街泪染衣。

五

清风一缕卷残云，雨后空明挂彩虹。
有约还如前不束，自娱自在两心同。

梦中闻弦

丝弦本是演天音，子夜传来少客听。
况是三流不入谱，分毫不动主人心。

2012年7月24日三沙市正式挂牌成立

中枢睿智立三沙，牧海龙人唱有家。
屿岛不孤雏在翼，蓝疆永固到天涯。

乘机

跃上蓝天搏九重，银河飞渡自从容。
传与织女今非昔，家聚无须待鹊虹。

港城初雪

六角无香也是花，随风冉冉遍天涯。
无形妙手丹青绘，翡翠枝头展白纱。

新居

新巢不必胜前居，别效三迁孟母需。
少见几张憎面孔，待传消息驭回驹。

东海温泉

不须炭火不须柴，温可宜人水自来。
还是当年遮洗处，氤氲香气绕亭台。

也说烦心

烦心琐事若牛毛，放手无须惹气淘。
垂暮不堪风雨扰，平安最是助儿曹。

观女排里约夺冠

一

尝胆卧薪合众期，排坛又见霸王师。

回肠荡气龙人泪，再步蟾宫折桂枝。

二

夺关斩将御风来，登上最高领奖台。

寄语男儿多砺志，三球①也傍女排排。

注：①三球：篮球、足球、排球。

乒乓球蝉联世界冠军

小球为国屡争光，巾帼须眉战马骧。

里约乒坛方振臂，降书雪片献龙乡。

龙苴汉城①一束

一、楚汉相争地

龙苴威猛出城楼，欲扫韩军愿未酬。

枉悔诡兵不厌诈，淮阴剑客理封侯。

二、地以人传

韩信龙苴一代师，胸山脚下较高低。

地因杰瑞传千古，小镇兴衰总入诗。

三、争城夺地

兴汉亡秦逐鹿狂，狼烟四起过胸阳。

多谋韩信提师到，一扫金鸡矫坐王②。

四、点将台③立新功

泥山突兀似飞来，传是淮侯点将台。

解放龙苴功在册，机枪阵地巧安排。

五、汉城修葺一新

秦砖汉瓦万行诗，碧树斜阳芳草萋。

硬路遥通登旧处，新添文物一方旗。

六、省、市立为文物保护单位

汉时赤地楚时关，故垒残垣处处斑。

两府高瞻新勒石，留与子嗣作金山。

七、镇府重视

镇府前瞻理念新，欲将古土变成金。

心关楚汉流传广，打造坊间聚客厅。

注：①楚将龙苴在此镇守，被韩信用奇兵灭之。

②龙苴患鸡宿眼，风传为金鸡王转世。

③此为镇郊制高点，解放古镇时为重机枪阵地。

戏题雨后门前路

潇潇喜雨夜敲窗，乐见禾蔬饮玉浆。

是地平添三分绿，唯余一路白如霜①。

注：①霜者，水也。

有感

近来不似往年强，夏怕炎热冬怕凉。

许是人云"修"不得，襄衣草履旧无妨。

游跨海大桥

祖龙浮海盼长桥，欲向仙山觅药苗。

苦待回帆方士转，秦宫遗恨水天遥。

"八一"感咏

九秩春秋步步强，蒸蒸日上铸辉煌。

驱倭扫蒋共和路，抗美援朝固国邦。

实践蓝图开玉宇[①]，复兴民族大文章。

门前三海歌平晏，威壮东方顶柱梁。

注：①为实现党中央设计的建设蓝图保驾护航。

赏紫罗兰

貌似纤柔内力强，满凝祥瑞动心房。

身怀一绝群芳妒，花合花开步太阳。

闲聊

一架瓜棚满院凉，二三聊友石头床。

小呷茶水轻摇扇，侃到红轮过短桥。

农家一束

一、瓠子

似雪如梨瓠子花，育成一串吊如瓜。
胸中玉籽仙人齿，团饼煎成乐万家。

二、韭菜

翡翠雕成绿数行，才沾雨露向风昂。
许身向客三鲜馅，又见新茬露浅黄。

三、山芋

裸放随收忒普通，也肴也饭尽凭君。
三年灾害人为祸，曾立拯民第一功。

四、花生

腹匿珠玑不示人，每逢佳节向亲朋。
舍身陪至深沉夜，一室余香到早晨。

五、芝麻

自惠农家不择田，生成亿万籽香甜。
琼枝节递称吉庆，好喻神州改革年。

六、豆腐

豆腐磨成似简单，欲经巧手百重关。

难登权贵佳肴谱，却是农家第一餐。

七、萝卜

只示无华绿数行，如瓜胜果土中藏。

宜生宜熟宜疗补，宜叟宜童誉满堂。

八、玉米

玲珑端的小仙翁，却是天生美髯公。

待到云裳开襟舞，丰收喜气满乾坤。

九、小麦

始种开收跨二年，村人工作不离田。

三农国策培根本，莫把辛劳只为钱[1]。

十、水稻

落谷春寒水似刀，秧苗育壮费心操。

三耘六治村人汗，莫叫珠玑一粒抛。

注：[1]莫把，指第三方。

马齿苋

一

生在田头阡陌边，时人不识菜中仙。

锄耘刀砍难平志，鲜向日头数十天^①！

二

不向园中占寸方，一无美色二无香。

天生材质助人寿^②，活在人间八面光。

三

可做馅心可拌凉，可宜即食可干藏。

盘中四季常相见，足捷神清底气昂。

四

马菜收来后事多，精挑细理一棵棵。

汤焯晾晒安分寸，庖俎肴成客作歌。

注：①该菜生命力极强，锄后数天晒而不死。

②该菜为我国四大长寿菜之一。

讨厌的杨絮

又见杨花似雪飞，伤人呼吐染窗闱。
旧闻墨客闲唇吻，粉饰多词却为谁。

买鸡

锁在樊笼只等爊，仍持利喙斗嗷嗷。
精明食客无须挑，直点嚣张动俎刀。

咏新居

本是港城市外滩，至今犹见旧时斑。
忽因高铁门前过，卷起时风出塞关。

戏题拙荆詈鸟

曙临大地鸟先知，欲唤勤人不吝啼。
一派天音嗔扰梦，嫌它灵窍缺根丝。

乙未中秋节见咏

冷暖宜人节气优，返巢尽哺度中秋。

南腔北调从容话，异服奇装自入流。

礼品翻新情洽洽，绕膝恋旧意悠悠。

酣然三五村头聚，地理人文各道"牛"。

重阳述怀

生就爱登高，登高意气豪。

低头看世事，挥手揽云涛。

品酒黄花酿，吟诗屈子骚。

大年空自忆，枉任涌心潮。

咏盲友高君

不唯命运不尤盲，天马行空欲远航。

精道按摩康病体，苦研专利智能床。

"闺中待字"愁难嫁①，市场刚需枉欲狂。

何日娘家伸手助②，不将心血付汪洋。

注：①希望发明的智能床市场化。

　　②中国残疾人联合会是残疾人的"娘家"。

纪念"九三阅兵"

一

二战倭奴播祸殃，生灵涂炭破天荒。

共荣东亚沽名哕，利炮坚船诉友肠。

霸女奢城衣冠兽，掠财夺地至贪狼。

东京审判传公道，历史昭然未可忘。

二

战火烟消七十年，悲辛教训刻心田。

阅兵不使忘过去，放眼和平永向前。

方阵军威天地壮，领先国器世间尖。

五洲政要城楼聚①，畅享和谐览大千。

注：①50多位国家首脑在天安门城楼观看阅兵。

龙苴大桥拆后久拖未建

隔河千里远，路畅百弓①遥。

盼得李春至，早通安济桥。

注：①弓，长度单位，一弓为五市尺。

龙苴大桥建成

南新省道大交通[1]，车往人来日夜中。
改建拉桥张特色，增加运载立丰功[2]。
内航集送民心货，外贸回吹异域风。
建设小康小见大，河山增色壮乾坤。

注：①地新线，即南冈至新坝线。
　　②打通航运瓶颈，提升航运等级。

乙未中秋赏月

香盆果案足铺陈，酹酒虔恭爆竹横。
做派无须云不善，知心还是谪仙人。

建党节咏

风雨兼程近百年，神州嬗变喜空前。
丧权辱国清除去，反帝反封扫旧烟。
民族复兴鸣号角，龙乡国梦润心田。
繁荣百业先锋队，独领风骚览大千。

四季花城小住留咏

一

花城巧筑合人心，翡翠池塘草岸青。
瀑布几重欢泄玉，众多小品制尤精。

二

绿树红花照碧空，白头翁对"白头翁"①。
人禽共到无防处，也有灵犀待点通。

三

一幢高楼数百家，进门恰似各天涯。
朝阳初上离林鸟，西坠红轮返暮雅。

四

石罅飞泉挂半空，亭台花木乱行踪。
来初不识源头在，鹤舞鱼翔彩霰中。

注：①鸟名。

咏治淮之治沂

马陵①汛水似奔骢，一片汪洋向海东。

万顷良田成泽国，千间草舍化龙宫。

走廊设计消洪患，堤坝修牢立厚功。

淮海别开新战役②，壮丁齐赴万家空。

注：①马陵即马陵山区。

②治沂时称新淮海战役。

咏入读新建龙苴中学

风生水起建新庠，学子莘莘聚满堂。

共稼禾蔬丰五谷，同栽花木数千行。

甘泉锁定深淘井，壕堑修成胜垒墙。

掘就鱼塘筑水榭，留与学弟好乘凉。

三、寄情历史

纪念"一二·九"运动学生演讲会

一

激扬学子各陈词，毋忘民灾国耻时。
科技兴邦酬壮志，环球独艳五星旗。

二

前事堪为后事师，谨防军寇各东西。
吾侪争驭高科技，独领风骚折桂枝。

谒岳坟

一

千里迢迢谒岳王，未烧钱纸话衷肠。
皇权独许投其好，枉冀循常辨莠良。

二

渴饮饥餐志不同，路人皆道是英雄。
无良权贵虚科律，西子千秋泣屈魂。

三

一抔黄土石基台，事后多年筑得来。
大案通天暗万马，涉员各自不曾猜。

谒伊山烈士陵园

一

忠魂万古共青山，回首征途步履艰。

八载鏖兵歼倭寇，三年喋血斗凶顽。

旗红烈士鲜血染，疆固戎人裹革还。

仰止丰碑歌当哭，光同日月照人寰①。

二

鲜红嫩绿一丛丛，无限衷情寄国魂。

血染战袍驱外寇，腥沾刀剑镇顽凶。

心裁大地千般美，志在山河一片红。

告慰当年遗愿达，复兴岁月更峥嵘。

注：①纪念碑由谢觉哉题写"与日月同光"。

凭吊伊山烈士陵

背倚青山向海阳，云霞毓秀溢千祥。

凛然浩气存天地，伟大民族铁脊梁。

汗洒枯黄花木艳，血濡荒野土留香。

神形无觅风垂范，同沐崇辉日月光。

纪念"五四"偶成

反帝反封集一肩，巴黎和会字难签。

沙俄雷炸冬官炮，华夏风传马列篇。

砸烂坚冰解冻地，荡涤霾瘴现虹天。

如烟世纪风云变，反霸图强自奋鞭。

谒抗日山烈士陵园

登陵凭吊沐晴岚，数载鏖兵战万难。

倭寇兽行书罄竹，军民浩气壮峰峦。

霞披远岫红旗展，风趁松涛号角传。

铁壁铜墙①今更固，不忘前事护家园。

注：①陵园有"铜墙铁壁"雕画。

凭吊淮海战役烈士纪念塔

巍巍淮塔展雄姿，笔走龙蛇刻御题。

棒喝声惊逃窜匪，冲锋号振渡江师。

躯捐国固山河壮，血染花繁眼目迷。

为使峥嵘达义士，千呼万唤告忠知。

谒刘老庄烈士陵园

哀兵八十战三千①，卫国保家意志坚。

血洒英雄淮海地，魂腾增色舜尧天。

六塘军政均安健②，扫荡倭奴半被歼。

积弱无端遭祸患，复兴强大熄烽烟。

注：①一个连队的八十二人，与扫荡的三千日寇血战一天，全部壮
烈牺牲，歼敌逾千。

②地级军政机关驻六塘。

龙苴烈士陵园修葺一新谒咏

一

龙苴解放剿魔王，弹雨横飞似掠蝗。

遥忆当年擒困兽，惊心动魄若身旁。

二

淮连不复旧时天，玉麦长林漾绿烟。

经济腾飞民乐业，追怀先烈血犹鲜。

怀念李桂芝烈士

欲扫凶顽胆气豪，铮铮铁骨写情操。

钉刑肉破心尤健，可恨当年"甫志高"①。

注：①家嫂父亲李桂芝因叛徒出卖被捕，敌人用铁钉钉其脚心，

宁死不屈，后英勇就义。

咏无名烈士墓列

莺飞草长踏春坡，一吊国殇哭当歌。

洒血歼倭除外患，舍身扫蒋建功多。

英雄无氏扬千古，坷垒有情迎万拨①。

龙岭巍巍长驻足，晴岚叠翠绿婆娑。

注：①四季凭吊的人。

过大村咏王朗①

诟詈谁闻胜利兵②，阵前无计愤难平。

汉侯舌战看家技，更叹王公义未泯。

注：①王朗，连云港大村人，死后归葬大村弥陀庵（墓碑尚存）。

②事见《三国演义》诸葛亮骂死王朗。

瞻仰张应春烈士纪念碑

一

拓荒播火亦须眉，星殒秦淮草木悲。
可慰忠魂归故里，松陵园内立丰碑。

二

女军女帅壮前朝，跃马横刀抖战袍。
视死如归明大义，还推吴越二秋豪①。

注：①即秋石（张应春烈士）、秋瑾。

张继铜像前咏

一

羁旅钟声惹客愁，无缘闹市宿琼楼。
可幸小诗题夜泊，名扬千古胜封侯。

二

夜泊枫桥记不眠，风流佳话越千年。
多愁诗客囊羞涩，事后涌来似水钱。

看新编历史剧《成败萧何》有感吕后①

似海宸宫锁夜深，当朝权相泣承恩。

发长识短非精论，堪比须眉狠十分。

注：①吕后不耻下跪于萧何，取得其支持害死韩信。

端午咏屈原

僻居忧念庙堂高，缘向两朝谏议抛。

欲使大夫流放苦，谁知湘水孕《离骚》。

注：①早年受楚怀王信任，后被迫害，襄王即位后又被启用，因继
   续主张政见，遭流放。

瞻仰辽沈战役烈士纪念塔①

厚重庄严立月台，题碑司令足关怀②。

雄姿比岭遴精石，战士轩昂选铸材。

决战三场先奏凯，催生四海发春雷。

游心欲览平山遍，留待他年约伴来。

注：①塔建于锦州平山。

   ②朱德总司令题写塔身正面文字。

谒安峰山烈士陵园

一

一碑挺拔接苍穹，驻足凝眸意念同。

万顷涟漪连碧岭，缅怀先烈血犹红。

二

犹见当年战马腾，数千壮士破围城[1]。

讹传褐石丹炉炼[2]，应是忠魂血染成。

注：①1947年我三千余干部在安峰山被敌围，水泄不通，苦战突围。

②此山石为紫褐色，史传太上老君在此炼丹所致。

咏抗日女英雄李林[1]

日寇闻名贯耳雷，果然巾帼亦须眉。

轻骑利剑兼风起[2]，魔鬼头颅带血飞。

暗度陈仓彰智慧，明开肉路显军威。

尽忠饮弹英年去[3]，血染青山草木悲。

注：①归侨抗日女英雄。

②骑兵队长。

③壮烈自戕。

读《垓下歌》

善战能征决胜多，未登九五妇仁谋。
鸿门宴上从亚父，垓下何来奏挽歌。

谒岱庙感咏

京外一方紫禁城，君民礼拜自传承。
铜亭历苦难倾诉，铁塔残存胜有声。
汉柏终闻醒狮吼，唐槐又见巨龙腾。
与时俱进神州健，两个百年大业成。

谒五人墓咏

剪除阉党快人心，新血洗冲旧血腥。
借得桃花源里住，远离虞诈暨刀兵。
注：①墓在山塘街，事见《五人墓碑记》。

咏迷楼

迷楼身世足迷离①，巧夺天工小筑奇。

南社客临增秀色②，推杯换盏传晨曦③。

注：①迷楼有"阿金"的美丽传说。

②南社是我国最著名的革命进步诗社；客，即柳亚子、陈去病、王大觉等大家。

③抨击时政，宣传革命，传递胜利信息、革命曙光。

谒淮安周总理故居

聚似拢拳散似沙，兴邦儿女各天涯。

鞠躬尽瘁含羞去，泪洒人民总理家。

首个全民族抗战胜利纪念日①有感

九·三永记写真篇，不忘军民热血鲜。

倭寇无良十四载，龙乡有负五千年。

刀餐剑寝归王土，马革裹尸复舜天。

右翼劣根终未净，阴风又起海东边。

注：①全国人民代表大会常务委员会决定2014年9月3日为首个中国人民抗日战争胜利纪念日。

访中正咏卞赓①

状元府第乘墟邱，贡院镌名石上遒②。
侯阙看门三历夏③，拥兵镇守四连秋④。
封侯不辱君王令，报国无须七尺留⑤。
借得乌江含恨去，一生褒贬任悠悠。

注：①卞赓，清末武状元，连云港市板浦中正人。
　　②南京贡院大理石壁上镌有"武状元卞赓"字样。
　　③中状元后，侯阙看守故宫神武门。
　　④后卞赓封两广参将，镇守虎门。
　　⑤卞赓战败自杀。

读万寿山抗日摩崖石刻

一句一言似炮鸣，声如狮吼剑如林。
欲收失地三千里，赶戮倭奴十万兵。
血债血偿雪国耻，扬威扬义壮军民。
英雄不计头颅在，海晏河清国泰平。

谒麋竺^①墓

竹柏森森绕砌台，金秋凭吊踏蒿莱。

良禽几择栖嘉木，仙岭才堪憩国才。

安汉劬劳难卒志，皇刘气数使人哀。

精忠兄妹人称颂^②，乡里同荣怎忘怀。

注：①麋竺，连云港云台人，三国时为蜀安汉将军，死后归葬家乡
石棚山。

②竺妹即麋夫人，在长坂坡之战中为救阿斗投枯井而死。

石棚山麋竺墓前寄咏

麋院奢丰比旧都^①，当年拱手献皇叔^②。

可怜长坂托哀子^③，兄妹珠光照汉书^④。

注：①云台山关中村有麋竺院，极其奢华。

②当年刘备兵败下邳，竺迎备至家，进妹为备夫人，献奴客
两千余众为兵役，金银布匹为军资。

③麋夫人舍命保阿斗。

④竺入川，官至安汉将军，死后归葬石棚山。

后记

　　《村人吟草》的编印,首先得衷心感谢古吴轩编缉同志所付出的辛勤劳动。从遴选、斧正到编排,做了大量细致、实在、恰到好处的工作。作者欣慰之余也颇觉愧疚,心里压力很大,因为本人阅历不广,知识浅薄,拙作不无粗制滥造之类,唯恐浪费读者的宝贵时间。

　　本书内容多为作者工作之余和旅游时自娱自乐的随意涂鸦,原无编集奢望,但在身边不少同志的鼓励和支持下,得以投石问路。作者囿于视野小、知识面窄,故谬误难免,望方家和同仁多多批评指教。

　　本书付印前,在文学艺术界享有盛誉、德艺双馨的柯继承柯老,欣允为之作序,这是作者人生中一件幸事。序中褒奖之词,令作者愧赧汗颜,也是老师对作者的鼓励。江苏省诗词协会舒贵生、史雨民、韦苏蔚三位尊敬的老师的抬爱、关心,对作者更鞭策有加。在此深表谢忱。

　　老同志,白石传人,江苏齐白石研究院院长赵井如先生,得知拙作编集,不吝墨宝,欣然为之设计封面和内页插图,深表谢意。

　　尊敬的读者们,当你们茶余饭后,惠顾《村人吟草》一二时,在发现诗歌的品位有待提高之余,还能触摸到作者那股热爱党、崇尚英雄、热爱祖国大好河山的思想感情,就是对该集最大的鼓励和支持了。在此先真诚地谢谢了。

谒淮海纪念塔

冲天岸立仰弥高，凤舞龙腾走御毫。

得道雄师多拥护，大江东去浪滔滔。

谒邓小平铜像

世纪伟人壮九州，胸中海阔涌宏流①。

初心不改安踣落，宠辱无惊度远谋②。

擢秀鼎新光禹甸，偕民奋上桂枝楼③。

国人多少重生日，仰望慈祥热泪流④。

注：①他是20世纪的世界伟人之一，心胸像海洋一样开阔。

②即使在处境困难时也很泰然，革命初心不改（踣，意跌倒），
  擘画祖国美好未来（度，意擘画）。

③重返工作岗位后，提拔新秀，改革弊制（禹甸，意中国），带领
  人民奋登复兴民族大业最高峰。

④很多人在拨乱反正中得以重生，发光发热，人们仰望他慈
  祥的面目，流下深情的泪水。